El Espejo Perturbador Un Thriller Psicologico

Marcelo Palacios

Published by INDEPENDENT PUBLISHER, 2024.

EL ESPEJO PERTURBADOR UN THRILLER PSICOLOGICO

First edition. November 10, 2024.

Copyright © 2024 Marcelo Palacios.

ISBN: 979-8227006349

Written by Marcelo Palacios.

Tabla de Contenido

Capítulo 1

Lisa Murphy estaba exhausta. La mudanza a la vieja mansión victoriana había resultado más agotadora de lo que había imaginado. Desde temprano en la mañana, la lluvia no había cesado, una llovizna persistente que acentuaba la tristeza del día. La mansión, con su fachada imponente y su arquitectura desgastada por los años, tenía una belleza oscura que la atraía y, al mismo tiempo, le producía cierto desasosiego. Era un nuevo hogar, pero el pasado parecía estar impregnado en cada rincón de aquella casa.

Se quitó las botas empapadas en la entrada y se sacudió el paraguas, intentando eliminar el agua que se había acumulado en el tejido. El salón estaba lleno de cajas sin desempaquetar, la mayoría de ellas apiladas contra las paredes, esperando ser abiertas. Daniel, su esposo, estaba en el despacho, intentando conectar el nuevo ordenador y hacer funcionar la red Wi-Fi. Lisa sabía que él estaba tan cansado como ella, pero había algo en el aire que le hacía sentir aún más pesada la tarea.

Decidió que un poco de orden en el ático podría ser una buena distracción. Quizás encontraba algo útil o, al menos, lograba despejar su mente de la rutina interminable de empaquetar y desempacar. Subió las escaleras crujientes y se adentró en el espacio polvoriento que no había visto desde que llegaron. El ático, con su techo inclinado y sus vigas expuestas, estaba lleno de trastos que ni siquiera ella sabía de dónde habían salido.

Mientras examinaba las cajas viejas y el mobiliario olvidado, sus manos se encontraron con un objeto cubierto por una manta de polvo gris. Al levantar la manta, reveló un espejo antiguo, encuadrado en un marco ornamentado de bronce. Lisa se detuvo, sorprendida por la belleza y el deterioro del objeto. El espejo tenía un aire de elegancia perdida, como si hubiera sido testigo de generaciones de historias.

El marco estaba decorado con intrincados patrones de hojas y flores, y la superficie del espejo, aunque sucia, todavía reflejaba algo de luz. Lisa se acercó para limpiarlo, usando el borde de su camiseta para frotar el vidrio. Mientras

1

lo hacía, notó que la imagen que aparecía no estaba completamente clara. El reflejo era borroso y distorsionado, como si algo en el vidrio estuviera alterando la realidad.

La imagen que le devolvía el espejo era una versión tenue de la habitación del ático, pero había algo extraño. Las sombras parecían moverse por sí solas, y el reflejo del espejo no coincidía del todo con lo que Lisa veía. La sensación de incomodidad aumentó en su estómago. El espejo parecía tener vida propia, un enigma mudo que no dejaba de hacerle preguntas sin respuestas.

Decidió que debía investigar más. Colocó el espejo con cuidado en el suelo y empezó a examinar el entorno. No encontró más pistas sobre su origen o su historia, pero una sensación de inquietud persistía. Con cada crujido del suelo bajo sus pies, sentía que el pasado de la mansión se hacía más presente.

Bajó al salón y se encontró con Daniel, que ya estaba tomando un descanso de su trabajo. Él estaba sentado en el sofá, mirando su teléfono, mientras trataba de relajarse. Lisa se acercó y le mostró el espejo.

—Mira lo que encontré en el ático —dijo, tratando de sonar entusiasta a pesar de su creciente incomodidad.

Daniel levantó la vista, examinando el espejo con desinterés. —Es un viejo espejo. Parece que podría haber sido de alguien importante en el pasado.

Lisa asintió, pero no pudo dejar de sentir que había algo más en ese espejo. La inquietud que había experimentado al limpiarlo no la abandonaba. —Creo que hay algo extraño en él. El reflejo no es lo que debería ser.

Daniel le dedicó una sonrisa cansada. —Lo mejor es que lo pongamos en el vestíbulo. Si no te gusta allí, siempre podemos moverlo a otro lugar.

Lisa aceptó la sugerencia. Pasaron el espejo al vestíbulo y lo colocaron contra una pared. Aunque Daniel intentó animarla, la mente de Lisa seguía preocupada. La visión distorsionada del espejo había dejado una marca en su mente, y no podía ignorar el sentimiento de que había algo más en ese objeto.

Esa noche, mientras Lisa y Daniel cenaban, el cielo se oscureció aún más, y la lluvia arremetió con fuerza contra las ventanas. Lisa se encontraba distraída, sus pensamientos girando en torno al espejo y la extraña sensación que le provocaba. Daniel notó su falta de atención y la miró con preocupación.

—¿Todo bien? Pareces preocupada —preguntó.

Lisa sonrió forzada. —Solo un poco cansada. Ha sido un día largo.

—Lo sé. —Daniel se levantó y la abrazó. —Trata de relajarte. Mañana será un nuevo día.

Lisa intentó relajarse y disfrutar de la cena, pero el espejo seguía rondando en su mente. Mientras se preparaban para irse a dormir, Lisa notó que Daniel estaba más reservado de lo habitual. Algo en su comportamiento parecía extraño, pero decidió no presionarlo esa noche.

Al irse a la cama, Lisa no podía dejar de pensar en el espejo. Las visiones distorsionadas y las sombras que había visto se repetían en su mente. Cuando finalmente se acomodó en la cama, se sumergió en un sueño inquieto, lleno de imágenes perturbadoras y un sentimiento persistente de que algo estaba muy mal.

La primera pesadilla llegó poco después de que se quedó dormida. En el sueño, Lisa se encontraba en un lugar oscuro y opresivo. El espejo estaba allí, colgado en una pared vieja y desgastada. Mientras se acercaba, el vidrio empezó a agrietarse, mostrando un paisaje desolador en el interior. La mujer atrapada detrás del vidrio la miraba con ojos llenos de desesperación. Lisa intentó tocar el espejo, pero una fuerza invisible la empujó hacia atrás, haciéndola despertar sobresaltada.

La lluvia seguía golpeando las ventanas, y Lisa estaba empapada en sudor frío. Miró a su alrededor, tratando de calmar su respiración. Daniel estaba a su lado, dormido tranquilamente, ajeno a las pesadillas que la atormentaban. Lisa se levantó y se acercó al vestíbulo, donde el espejo se alzaba en silencio. La visión distorsionada aún persistía en su mente, y la imagen de la mujer desesperada seguía atormentándola.

Con el corazón acelerado, Lisa se acercó al espejo y lo miró detenidamente. La imagen reflejada era la misma que había visto antes, pero la sensación de inquietud se intensificaba. Las sombras en el espejo parecían moverse de manera aún más errática, como si intentaran comunicarle algo.

Decidió que necesitaba respuestas. La historia de la mansión y el espejo no podía ser tan simple. Quizás había algo más profundo que descubrir. Pasó la noche investigando en la biblioteca de la casa, buscando cualquier información que pudiera arrojar luz sobre el pasado del espejo y la mansión.

A la mañana siguiente, el sol había salido, pero la tormenta aún dejaba sus huellas. El cielo estaba nublado y la atmósfera seguía cargada de humedad. Lisa decidió ir al mercado local para comprar algunos artículos de limpieza y, con suerte, encontrar algo de información sobre la historia de la mansión. Daniel se ofreció a quedarse en casa y seguir con la tarea de desempacar.

Mientras recorría los pasillos del mercado, Lisa se encontró con su vecina, Emily Turner. Emily era una mujer de mediana edad, con una actitud cálida y amistosa. Lisa la había conocido brevemente cuando llegaron, pero aún no había tenido la oportunidad de conversar en profundidad.

—¡Lisa! Qué sorpresa verte aquí —dijo Emily con una sonrisa.

—Hola, Emily. Solo estoy buscando algunos artículos de limpieza. La mudanza ha sido más complicada de lo que esperaba.

Emily asintió comprensivamente. —Entiendo completamente. Mudarse a una casa antigua siempre trae sorpresas. ¿Cómo va todo en la mansión?

Lisa dudó un momento, considerando si debía mencionar el espejo. Finalmente, decidió hacerlo. —Encontré algo extraño en el ático. Un espejo antiguo con un marco decorativo. La imagen en el espejo es bastante rara y me preocupa un poco.

La expresión de Emily cambió ligeramente, mostrando un interés genuino. —Eso suena intrigante. Las casas antiguas a menudo tienen historias y secretos. ¿Has investigado un poco sobre la historia de la mansión?

Lisa asintió. —He encontrado algunos detalles, pero nada concreto. Pensé que podrías saber algo más, dado que has vivido en el área por mucho tiempo.

Emily se mostró interesada y se ofreció a ayudar. —Claro, puedo ayudarte a investigar. La mansión ha tenido varios propietarios a lo largo de los años. Tal vez haya algún archivo o documento en el archivo histórico local que pueda arrojar más luz sobre el espejo y su origen.

Lisa aceptó la oferta con gratitud. —Eso sería genial. ¿Podemos encontrarnos más tarde en la biblioteca local para investigar juntos?

Emily asintió. —Por supuesto. Estoy segura de que encontraremos algo interesante.

Con una nueva esperanza de resolver el misterio del espejo, Lisa terminó sus compras y regresó a casa. Daniel estaba ocupado organizando las cajas, y Lisa le mencionó su plan para investigar el espejo con Emily más tarde.

El día avanzó con una sensación de expectativa. Lisa y Emily se encontraron en la biblioteca local, un edificio antiguo con estanterías repletas de libros y documentos históricos. Mientras buscaban entre los archivos y registros, Emily le mostró a Lisa varios documentos sobre la historia de la mansión.

Después de unas horas de investigación, encontraron un archivo que contenía información sobre el espejo. Al parecer, el espejo había pertenecido a una familia prominente que había vivido en la mansión en el siglo XIX. La familia había sido conocida por sus costumbres excéntricas y sus secretos oscuros.

Lisa y Emily leyeron los documentos con atención. Había menciones de un evento trágico relacionado con el espejo, pero los detalles eran vagos. El archivo hablaba de desapariciones inexplicables y sucesos extraños que habían ocurrido en la mansión después de la llegada del espejo. Lisa sintió un escalofrío al leer las palabras. El espejo parecía tener una historia tan turbia como su apariencia.

Con el corazón latiendo con fuerza, Lisa agradeció a Emily por su ayuda y regresó a casa con el archivo en mano. La inquietud que había sentido al encontrar el espejo había aumentado, y ahora sentía que estaba en el umbral de descubrir algo mucho más grande de lo que había imaginado.

Cuando llegó a casa, Daniel estaba esperando en el vestíbulo. Lisa le mostró el archivo y le explicó lo que había descubierto. Aunque Daniel estaba interesado, su actitud era más reservada, y Lisa no pudo evitar preguntarse si él sabía algo que no le estaba diciendo.

La noche volvió a ser inquietante para Lisa. El espejo en el vestíbulo parecía observarla con su reflejo distorsionado, y las sombras en el vidrio parecían más intensas que antes. La historia del espejo y la mansión estaba tomando forma, y Lisa sentía que estaba a punto de descubrir algo que cambiaría su vida para siempre.

Finalmente, se fue a la cama con la mente llena de preguntas y la sensación de que el pasado y el presente estaban a punto de colisionar. La tormenta había cesado, pero la tormenta en su mente apenas comenzaba.

Capítulo 2

Lisa Murphy estaba exhausta. La mudanza a la antigua mansión victoriana había sido mucho más agotadora de lo que había imaginado. El día había sido largo, lleno de cajas por desempacar y muebles por colocar, y la lluvia incesante solo había añadido una capa extra de melancolía y cansancio. La mansión, con su fachada majestuosa pero envejecida, tenía una presencia imponente que parecía amplificar la fatiga de Lisa.

Finalmente, después de horas de trabajo, Lisa se metió en la cama, con la esperanza de que la noche le ofreciera el descanso que tanto necesitaba. Daniel, su esposo, ya estaba dormido a su lado, su respiración regular y tranquila contrastando con el torbellino de pensamientos que Lisa no podía evitar. La lluvia golpeaba con insistencia contra las ventanas, creando un sonido rítmico que, lejos de ser relajante, solo aumentaba la inquietud en el corazón de Lisa.

El reflejo distorsionado del espejo, el hallazgo reciente en el ático, seguía presente en su mente. La imagen borrosa y las sombras que parecían moverse solas le habían dejado una sensación de malestar que no podía sacudirse. Cada vez que cerraba los ojos, veía los contornos distorsionados del espejo y sentía la presencia de algo oscuro y antiguo acechando detrás de él.

Lisa se giró en la cama, tratando de encontrar una posición cómoda. Cada crujido de la casa parecía amplificado en el silencio de la noche, y el sonido de la lluvia se había convertido en un constante y molesto acompañamiento. Su mente se llenaba de imágenes de la mansión y del espejo, y su inquietud se volvía cada vez más palpable. No podía dejar de pensar en las pesadillas que había tenido la noche anterior, y la sensación de que el espejo era una puerta a algo oscuro y desconocido no la abandonaba.

Finalmente, Lisa no pudo soportar más el insomnio. Se levantó de la cama con cuidado para no despertar a Daniel, y se dirigió al vestíbulo donde el espejo estaba colocado. La casa estaba sumida en la penumbra, y la única luz provenía de la lámpara de pie que había colocado cerca del espejo. El brillo tenue de la lámpara proyectaba sombras en las paredes y en el suelo, creando un ambiente inquietante.

Lisa se acercó al espejo, su corazón latiendo con fuerza mientras lo observaba. El marco de bronce estaba cubierto de polvo, y las intrincadas decoraciones de hojas y flores parecían cobrar vida bajo la luz débil. Se acercó más, limpiando el polvo con el borde de su camiseta. El espejo mostraba el mismo reflejo distorsionado que había visto antes, pero ahora, bajo la luz de la lámpara, las sombras en el cristal parecían moverse de manera aún más errática.

La inquietud se apoderó de ella mientras miraba fijamente el espejo. El reflejo de la habitación del vestíbulo parecía distorsionarse y cambiar de forma, y las sombras en el cristal parecían bailar de manera inquietante. Lisa intentó ignorar la sensación de malestar que la invadía y se centró en el reflejo. Observó los detalles de la habitación en el espejo: los muebles, las cajas aún sin desempaquetar, y los objetos esparcidos por el suelo. Todo parecía correcto, pero había algo en la manera en que el espejo lo reflejaba que no encajaba del todo.

De repente, Lisa vio un movimiento en el reflejo que no correspondía con la realidad. Una sombra oscura pareció deslizarse a través del cristal, y una sensación de frío recorrió su espalda. Lisa parpadeó, y la sombra desapareció, pero el sentimiento de inquietud persistió. Decidió que necesitaba distraerse y se dirigió a la biblioteca local para buscar información sobre la historia de la mansión y el espejo.

Al llegar a la biblioteca, se encontró con la tranquila atmósfera de un edificio antiguo, lleno de estanterías repletas de libros y documentos. La luz cálida de las lámparas contrastaba con el frío y la humedad de la noche. Lisa comenzó a revisar los archivos históricos de la mansión, buscando cualquier detalle que pudiera arrojar luz sobre el espejo y su origen.

Mientras revisaba los documentos, se encontró con un archivo que contenía información sobre la familia original que había poseído la mansión. El archivo hablaba de la familia como personas prominentes en la comunidad, conocidas por sus costumbres y su estilo de vida opulento. Sin embargo, también mencionaba que había habido varias desapariciones y sucesos extraños relacionados con la mansión a lo largo de los años. Lisa se sintió intrigada por la conexión entre estos eventos y el espejo, y decidió que debía investigar más a fondo.

Al regresar a la mansión, Lisa sintió un creciente sentido de urgencia. El espejo y la historia de la mansión estaban entrelazados de manera que no podía ignorar. Mientras recorría los pasillos oscuros de la casa, el sonido de la lluvia y el crujido de las tablas del suelo creaban una atmósfera inquietante. Lisa se sintió observada, como si la mansión misma estuviera esperando a que descubriera sus secretos.

Se dirigió de nuevo al vestíbulo y miró el espejo, ahora con una nueva perspectiva. La información que había encontrado en la biblioteca parecía indicar que el espejo podría tener una conexión con los sucesos extraños en la mansión. Lisa se preguntó si había algo más en el espejo que simplemente una pieza de decoración antigua.

Con el corazón acelerado, Lisa decidió que debía examinar el espejo más a fondo. Se acercó al objeto y comenzó a buscar cualquier marca o inscripcción en el marco que pudiera ofrecer más pistas. Mientras lo hacía, notó algo que antes no había visto: una pequeña placa de metal en la parte inferior del marco, parcialmente oculta por el polvo y el desgaste. La placa estaba grabada con un nombre y una fecha, pero las palabras eran difíciles de leer debido al estado del metal.

Lisa limpiaba la placa con cuidado, tratando de descifrar el texto. Finalmente, logró leer el nombre "Margaret Whitmore" y una fecha que parecía indicar el año en que el espejo había sido fabricado. La información parecía encajar con lo que había encontrado en los archivos históricos: Margaret Whitmore era el nombre de la esposa del primer propietario de la mansión, y la fecha coincidía con el período en que la familia había vivido en la casa.

Lisa se sintió intrigada por la conexión entre el espejo y Margaret Whitmore. La historia de la familia y las desapariciones relacionadas con la mansión parecían estar vinculadas al espejo de manera más profunda de lo que había imaginado. La sensación de inquietud se intensificó, y Lisa sintió que estaba a punto de descubrir algo importante.

Decidió que debía seguir investigando y buscar más detalles sobre Margaret Whitmore y su relación con el espejo. El día siguiente prometía ser largo, pero Lisa estaba determinada a desentrañar los secretos que la mansión guardaba. La lluvia seguía cayendo, y el sonido de las gotas golpeando las ventanas se había convertido en una constante en su vida, un recordatorio de que los secretos del pasado estaban esperando ser revelados.

Regresó a la cama con una mezcla de agotamiento y excitación. Daniel seguía dormido a su lado, ajeno a la inquietud que había invadido a Lisa. Mientras se acomodaba bajo las sábanas, su mente seguía dando vueltas en torno al espejo y a la historia que estaba empezando a descubrir. Sabía que el día siguiente sería crucial para resolver el misterio y encontrar respuestas a las preguntas que la atormentaban.

Con la mente llena de pensamientos y la sensación de que estaba a punto de dar con una gran revelación, Lisa finalmente logró cerrar los ojos y caer en un sueño inquieto. La lluvia continuaba su golpeteo constante en las ventanas, y el espejo, en el vestíbulo, parecía seguir observándola, esperando el momento en que los secretos del pasado se desvelaran.

El capítulo se cerró con la promesa de más descubrimientos y la expectativa de que la noche, con sus sombras y misterios, estaba lejos de haber terminado.

Capítulo 3

Lisa se despertó temprano, antes de que el sol comenzara a iluminar la antigua mansión. Había pasado una noche inquieta, plagada de sueños inquietantes y recuerdos de la inquietante visita a la biblioteca. Aunque el sonido constante de la lluvia había sido reconfortante en parte, el peso de los secretos y misterios que rodeaban el espejo no la dejaba descansar.

Se levantó de la cama con cuidado, tratando de no despertar a Daniel, que aún dormía profundamente. Lisa se vistió con rapidez y se dirigió al vestíbulo para echar un vistazo al espejo. El objeto parecía esperar pacientemente, su presencia imponente y su marco de bronce adornado con intrincados detalles.

Mientras desayunaba, Lisa repasó mentalmente los pasos que debía seguir para investigar más sobre el espejo y la historia de la mansión. Decidió que el primer paso sería consultar los documentos que había encontrado en la biblioteca y buscar más información sobre Margaret Whitmore y su familia. La conexión entre el espejo y los sucesos extraños en la mansión parecía ser el hilo conductor de la historia que necesitaba desentrañar.

Después de un desayuno rápido, Lisa se preparó para una nueva jornada de investigación. Se dirigió a la biblioteca local, donde se encontró con Emily Turner, quien había mostrado interés en ayudarla con la investigación. Emily estaba lista para trabajar y se mostró entusiasta por explorar más a fondo los registros históricos.

Juntas, Lisa y Emily revisaron nuevamente los archivos, buscando cualquier detalle adicional sobre Margaret Whitmore y la familia Whitmore. Encontraron varios documentos que hablaban de la familia, pero la mayoría de ellos eran descripciones generales sobre su vida y su estatus social. Sin embargo, un archivo en particular llamó la atención de Lisa: un diario antiguo que parecía pertenecer a Margaret Whitmore.

El diario estaba encuadernado en cuero desgastado y tenía una apariencia delicada. Lisa lo abrió con cuidado, tratando de no dañar las páginas frágiles. Las primeras entradas del diario describían la vida cotidiana de Margaret y su familia, sus eventos sociales y sus preocupaciones. Sin embargo, a medida que Lisa leía más, notó que el tono del diario cambiaba. Las últimas páginas estaban llenas de anotaciones sobre sucesos extraños y preocupaciones crecientes.

Margaret había escrito sobre sensaciones de ser observada, ruidos inexplicables en la casa y una sensación general de desasosiego. En una de las entradas más inquietantes, Margaret mencionaba un "reflejo distorsionado" en el espejo que había sido colocado en el vestíbulo de la mansión. Las descripciones eran vagamente similares a las sensaciones que Lisa había experimentado al observar el espejo.

Lisa y Emily continuaron revisando el diario, encontrando más detalles sobre el estado mental de Margaret y su creciente desesperación. Margaret había intentado buscar ayuda, pero sus esfuerzos parecían infructuosos. Al final del diario, la escritura se volvía más desorganizada y errática, con menciones de visiones y presencias oscuras que no podía explicar.

El descubrimiento del diario dejó a Lisa y Emily con una sensación de urgencia. La conexión entre el espejo y los sucesos extraños en la mansión parecía cada vez más clara, y Lisa sentía que estaba a punto de desvelar algo importante. Decidió que debía hablar con el historiador local, el Dr. Samuel Greene, quien podría tener más información sobre los eventos que habían ocurrido en la mansión.

El Dr. Greene era conocido por su conocimiento sobre la historia local y la investigación de fenómenos paranormales. Lisa y Emily se dirigieron a su oficina, un pequeño edificio de ladrillo cerca del centro de la ciudad. El Dr. Greene era un hombre mayor, con cabello canoso y una actitud amable pero seria. Recibió a Lisa y Emily con interés cuando les contaron sobre sus hallazgos.

Después de escuchar la historia de Lisa y leer las notas del diario, el Dr. Greene se mostró intrigado. Explicó que la mansión Whitmore había sido el escenario de varios eventos extraños a lo largo de los años, incluidos rumores de desapariciones y apariciones. Aunque muchos de los eventos se consideraban leyendas urbanas, el Dr. Greene no descartaba la posibilidad de que hubiera algo de verdad en las historias.

—El espejo es un elemento clave en esta historia —dijo el Dr. Greene. —Los espejos antiguos a menudo se asociaron con creencias y prácticas esotéricas. En el pasado, se pensaba que los espejos podían reflejar más que solo imágenes; se les atribuían poderes para capturar almas o abrir portales a otros mundos.

Lisa escuchó atentamente, sintiendo que las piezas del rompecabezas comenzaban a encajar. La idea de que el espejo pudiera estar relacionado con prácticas esotéricas y fenómenos paranormales encajaba con las sensaciones inquietantes que había experimentado. Decidió que debía investigar más a fondo el pasado del espejo y su posible conexión con las prácticas esotéricas.

El Dr. Greene también sugirió que Lisa y Emily investigaran el archivo de la iglesia local. Había una posibilidad de que hubiera registros sobre rituales o eventos relacionados con la mansión y el espejo. Lisa y Emily agradecieron la ayuda del Dr. Greene y se dirigieron a la iglesia, que estaba ubicada en una colina cercana.

La iglesia era un edificio antiguo y majestuoso, con vidrieras coloridas y una atmósfera de solemnidad. Se encontraron con el párroco, el Padre Jonathan, quien les mostró el archivo de la iglesia. Lisa y Emily comenzaron a revisar los documentos, buscando cualquier mención de la mansión Whitmore o de prácticas esotéricas.

Encontraron varios documentos relacionados con la historia de la iglesia, pero también descubrieron una serie de registros antiguos que mencionaban rituales y prácticas que se realizaban en la región. Aunque la mayoría de los registros estaban relacionados con la religión y las ceremonias religiosas, había algunas notas sobre rituales más oscuros y secretos que se realizaban en la comunidad.

Lisa sintió un escalofrío al leer sobre las prácticas esotéricas y los rituales oscuros que se habían llevado a cabo en la región. La conexión entre estos rituales y el espejo parecía cada vez más evidente. Decidió que debía investigar más sobre los rituales y sus posibles conexiones con los eventos extraños en la mansión.

Al regresar a la mansión, Lisa estaba decidida a desentrañar los secretos del espejo y de la mansión. Sabía que el camino por delante sería largo y complicado, pero estaba dispuesta a enfrentar lo que viniera. La noche había llegado, y el sonido de la lluvia seguía siendo un constante recordatorio de que los secretos del pasado estaban esperando a ser revelados.

Lisa se dirigió al vestíbulo, donde el espejo parecía observarla en silencio. Con la determinación renovada, se preparó para continuar su investigación y descubrir la verdad detrás del espejo y los oscuros secretos de la mansión. La conexión entre el pasado y el presente era cada vez más clara, y Lisa estaba lista para enfrentar los desafíos que se avecinaban.

Capítulo 4

Lisa Murphy se despertó antes del amanecer, con una sensación de determinación y ansiedad. El descubrimiento del diario de Margaret Whitmore y las revelaciones del Dr. Greene y el Padre Jonathan habían añadido una nueva capa de urgencia a su investigación. Sabía que el espejo y los misterios de la mansión estaban más entrelazados de lo que había imaginado, y sentía que debía actuar rápidamente para desentrañar la verdad.

Después de un desayuno rápido, Lisa decidió que el siguiente paso sería examinar el ático de la mansión en busca de pistas adicionales. Había una posibilidad de que encontrara algo más relacionado con el espejo o con la familia Whitmore. El ático, que aún estaba lleno de cajas y muebles antiguos, parecía un lugar propenso para ocultar secretos.

Subió al ático con una linterna en mano, iluminando el oscuro espacio con su luz tenue. El aire en el ático era pesado y polvoriento, y el olor a madera antigua y a humedad llenaba sus sentidos. Mientras revisaba las cajas y los muebles, Lisa se encontró con varias piezas de mobiliario antiguo y objetos desechados, pero nada que pareciera directamente relacionado con el espejo.

Finalmente, encontró una caja pequeña y polvorienta en una esquina del ático. La caja estaba cerrada con una cerradura oxidada, pero Lisa logró abrirla con cuidado. Dentro de la caja había varios objetos antiguos, incluidos documentos, fotografías en blanco y negro y una serie de cartas. Lisa comenzó a revisar el contenido de la caja, buscando cualquier pista que pudiera estar relacionada con la familia Whitmore.

Entre las cartas y documentos, Lisa encontró una serie de fotografías que llamaron su atención. Las imágenes mostraban a la familia Whitmore en varias ocasiones, y en algunas de ellas, el espejo antiguo estaba presente en el fondo. Las fotografías ofrecían una visión de la vida cotidiana de la familia, y Lisa observó detalles que parecían coincidir con las descripciones del diario de Margaret.

En una de las fotografías, Lisa notó un detalle inquietante: el espejo estaba rodeado de velas y símbolos extraños. La imagen parecía indicar que el espejo había sido utilizado en algún tipo de ritual o ceremonia. La conexión entre el espejo y las prácticas esotéricas parecía cada vez más evidente.

Lisa también encontró una carta que parecía ser de Margaret Whitmore. La carta estaba escrita en un tono angustiado y describía el creciente sentimiento de desesperación y miedo que Margaret sentía. En la carta, Margaret hablaba de un "pacto oscuro" y de la necesidad de encontrar una forma de romperlo. La carta estaba firmada con la fecha en la que el espejo había sido colocado en la mansión.

El contenido de la carta dejó a Lisa con una sensación de inquietud. La idea de un pacto oscuro y la necesidad de romperlo encajaban con las sensaciones de malestar que había experimentado. Lisa se preguntó qué tipo de pacto había hecho Margaret y cómo podría estar relacionado con los eventos extraños en la mansión.

Con el corazón acelerado, Lisa decidió que debía seguir investigando. La conexión entre el espejo, el pacto oscuro y los eventos en la mansión parecía estar tomando forma, y Lisa estaba decidida a descubrir la verdad. Se dirigió a la biblioteca local para revisar nuevamente los archivos históricos y buscar más información sobre el pacto oscuro mencionado en la carta.

Al llegar a la biblioteca, encontró a Emily Turner esperando. Emily había estado investigando sobre prácticas esotéricas y rituales oscuros, y estaba lista para ayudar a Lisa con su investigación. Juntas, revisaron los archivos y documentos en busca de cualquier mención del pacto oscuro o de rituales relacionados con el espejo.

Después de varias horas de investigación, encontraron un documento antiguo que hablaba de un ritual esotérico realizado en la región durante el siglo XIX. El documento describía un ritual que involucraba un espejo antiguo y un pacto con fuerzas oscuras. El ritual tenía como objetivo obtener poder o conocimiento a cambio de un sacrificio, y el espejo era considerado un medio para conectar con entidades sobrenaturales.

El documento ofrecía detalles sobre el ritual, incluidos los símbolos y las ceremonias que se llevaban a cabo. Lisa y Emily compararon la información con las fotografías y los documentos que habían encontrado en el ático, y las coincidencias eran inquietantes. El espejo en la mansión Whitmore parecía haber sido utilizado en un ritual oscuro que involucraba un pacto con fuerzas sobrenaturales.

Lisa sintió un escalofrío al considerar la posibilidad de que el espejo estuviera vinculado a prácticas esotéricas y a un pacto oscuro. La idea de que la mansión y el espejo pudieran estar relacionados con fuerzas sobrenaturales era inquietante, pero Lisa estaba decidida a descubrir la verdad.

Mientras continuaban investigando, Lisa y Emily recibieron una llamada de Daniel. Daniel había encontrado algo inusual en el sótano de la mansión y quería que Lisa viniera a verlo. Lisa y Emily se dirigieron rápidamente a la mansión, con la esperanza de que el hallazgo de Daniel pudiera proporcionar más información sobre los misterios que rodeaban la casa.

Al llegar al sótano, encontraron a Daniel revisando una serie de cajas y objetos antiguos. Entre los objetos, había una caja de madera que parecía especialmente antigua. Daniel había encontrado un conjunto de documentos y objetos en el interior de la caja, y algunos de ellos parecían estar relacionados con el espejo y los eventos extraños en la mansión.

Lisa y Emily revisaron el contenido de la caja con atención. Encontraron varios documentos, incluidas cartas y registros antiguos, que hablaban de la familia Whitmore y de los eventos que habían ocurrido en la mansión. También encontraron una serie de objetos esotéricos, incluidos amuletos y símbolos que parecían estar relacionados con el ritual oscuro mencionado en los documentos.

Entre los documentos, Lisa encontró una carta escrita por un miembro de la familia Whitmore. La carta describía un intento de romper el pacto oscuro y liberarse de las fuerzas sobrenaturales que habían sido convocadas. El miembro de la familia había escrito sobre un ritual de contraposición que podría ser necesario para romper el pacto y revertir los efectos del ritual original.

El contenido de la carta proporcionaba una nueva perspectiva sobre el pacto oscuro y el espejo. Lisa sintió que estaba acercándose a una comprensión más clara de los eventos que habían ocurrido en la mansión. La necesidad de realizar un ritual de contraposición parecía ser una parte crucial de la historia y podría ser la clave para resolver el misterio del espejo.

Con la información que había encontrado, Lisa decidió que debía preparar el ritual de contraposición mencionado en la carta. La idea de enfrentar las fuerzas sobrenaturales y romper el pacto oscuro era aterradora, pero Lisa estaba dispuesta a hacer lo que fuera necesario para resolver el misterio y proteger a su familia.

Esa noche, Lisa se dirigió al vestíbulo, donde el espejo esperaba en silencio. Con la determinación renovada y los documentos y objetos que había encontrado, Lisa comenzó a preparar el ritual de contraposición. El ambiente en la mansión era tenso y cargado de expectativa, y el sonido de la lluvia seguía siendo un constante recordatorio de que los secretos del pasado estaban esperando a ser desvelados.

Mientras preparaba el ritual, Lisa sintió una mezcla de miedo y esperanza. Sabía que estaba a punto de enfrentar algo oscuro y desconocido, pero también sentía que estaba dando un paso crucial hacia la verdad. Con cada paso que daba, la conexión entre el pasado y el presente se volvía más clara, y Lisa estaba lista para enfrentar los desafíos que se avecinaban.

Capítulo 5

El aire en la mansión estaba cargado de una tensión palpable mientras Lisa Murphy preparaba el ritual de contraposición. La atmósfera era sombría, iluminada solo por la débil luz de las velas que había dispuesto alrededor del espejo. El sonido constante de la lluvia golpeando las ventanas de la mansión creaba un telón de fondo ominoso que intensificaba la sensación de inquietud. Lisa había seguido cuidadosamente las instrucciones del documento y la carta encontrada en el sótano, organizando los símbolos y los amuletos esotéricos de acuerdo con los requisitos del ritual.

Mientras disponía los últimos detalles, Lisa recordó la conversación que había tenido con Emily y Daniel sobre el ritual. Daniel, aunque preocupado por la seguridad de Lisa, había decidido apoyar su decisión y se había ofrecido para ayudarla en todo lo que pudiera. Emily, igualmente comprometida con la investigación, había quedado para supervisar y asistir durante el ritual. Ambos estaban preparados para enfrentar lo desconocido junto a Lisa.

El vestíbulo, donde se había colocado el espejo, era el lugar central del ritual. Lisa había elegido ese lugar no solo porque era el sitio donde había encontrado el espejo, sino porque sentía que la energía del lugar estaba profundamente conectada con los eventos del pasado. La mansión había estado sumida en el silencio y en la penumbra, como si también estuviera esperando el desenlace de los misterios que se habían acumulado a lo largo de los años.

El espejo, con su marco de bronce y su superficie pulida, reflejaba la luz de las velas, creando un juego de sombras que danzaban en las paredes. Lisa sentía que el espejo tenía una presencia propia, una entidad que observaba y esperaba. Tomó una respiración profunda y comenzó a recitar las palabras del ritual en voz baja, siguiendo las instrucciones del documento antiguo.

La primera parte del ritual consistía en trazar un círculo alrededor del espejo utilizando un polvo especial que Lisa había preparado con ingredientes esotéricos. A medida que Lisa trazaba el círculo con cuidado, el ambiente parecía volverse más denso, y la temperatura en la habitación descendió ligeramente. Daniel y Emily observaban en silencio, sus rostros tensos mientras Lisa avanzaba en el ritual.

Una vez que el círculo estuvo completo, Lisa colocó los amuletos y los símbolos alrededor del espejo, siguiendo el patrón descrito en el documento. Cada símbolo estaba diseñado para proteger y enfocar la energía durante el ritual. Lisa encendió las velas y comenzó a colocar pequeños fragmentos de cristales y esencias aromáticas en los puntos específicos alrededor del círculo.

Mientras Lisa realizaba estos preparativos, Daniel y Emily se encargaron de mantener la vigilancia. Sabían que el ritual podría atraer energías o presencias oscuras, y estaban preparados para intervenir si era necesario. La mansión estaba envuelta en un silencio expectante, y el sonido de la lluvia seguía siendo un constante acompañamiento.

Con el círculo preparado y los símbolos en su lugar, Lisa comenzó la segunda parte del ritual. Recitó una serie de palabras en un idioma antiguo que había encontrado en los documentos. Las palabras eran ininteligibles para ella, pero sabían que eran fundamentales para el éxito del ritual. Lisa sentía una creciente sensación de poder y de conexión con las fuerzas que estaban a punto de ser convocadas.

De repente, una ráfaga de viento frío recorrió la habitación, y las velas parpadearon. El espejo comenzó a mostrar un brillo inusual, y las sombras en el cristal parecían moverse de manera errática. Lisa sintió una ola de energía que la envolvía, y el ambiente en el vestíbulo se volvió aún más tenso. Las palabras del ritual parecían resonar en el aire, amplificadas por la presencia del espejo.

A medida que el ritual avanzaba, Lisa comenzó a notar cambios en el reflejo del espejo. La superficie del cristal parecía distorsionarse, mostrando visiones de escenas del pasado. Imágenes de la familia Whitmore, de eventos antiguos y de momentos inquietantes aparecieron y desaparecieron en el reflejo. Lisa estaba absorbida por las visiones, tratando de mantener su concentración en el ritual.

En un momento crucial, el espejo mostró una imagen particularmente perturbadora: una figura oscura y sombría que parecía moverse hacia el borde del cristal. La figura tenía una presencia opresiva y malévola, y Lisa sintió un escalofrío recorriendo su cuerpo. Sabía que debía continuar con el ritual a pesar de la creciente sensación de peligro.

Recitó las palabras finales del ritual con determinación, enfocando su intención en romper el pacto oscuro y liberar a la mansión de las fuerzas que habían sido convocadas. La energía en la habitación alcanzó un punto culminante, y el espejo comenzó a mostrar un brillo intenso. Las sombras en el cristal se disolvieron lentamente, y la figura oscura desapareció.

Cuando Lisa terminó el ritual, la atmósfera en el vestíbulo cambió. El ambiente se volvió más ligero, y el frío que había invadido la habitación desapareció. Las velas parpadearon y luego se apagaron, y el espejo volvió a mostrar un reflejo normal, sin las distorsiones inquietantes de antes. Lisa sintió un profundo alivio, pero también una sensación de agotamiento. El ritual había sido exitoso, pero el costo en términos de energía y concentración había sido alto.

Daniel y Emily se acercaron a Lisa, ofreciendo su apoyo y su preocupación. Daniel abrazó a Lisa, preocupado por el estado en que se encontraba. Emily le ofreció palabras de aliento y le ayudó a limpiar el área del ritual. Lisa agradeció su apoyo y les explicó lo que había experimentado durante el ritual.

Aunque el espejo parecía haber recuperado su estado normal, Lisa sabía que el peligro no había terminado. Los eventos del pasado y las fuerzas oscuras que habían estado presentes en la mansión podrían haber dejado huellas o consecuencias que aún no comprendía. Decidió que debía seguir investigando y buscar más respuestas sobre la historia de la mansión y la familia Whitmore.

La noche continuó con una sensación de calma renovada en la mansión. La lluvia había disminuido, y el sonido de las gotas cayendo en el tejado se había convertido en un eco lejano. Lisa, Daniel y Emily se reunieron en la sala de estar, exhaustos pero aliviados. Sabían que el camino por delante aún tenía desafíos, pero estaban decididos a enfrentar lo que viniera.

El ritual había marcado un punto crucial en la investigación de Lisa, y el reflejo del espejo parecía haber recuperado su apariencia normal. Sin embargo, Lisa sentía que el espejo aún guardaba secretos y que su conexión con los eventos del pasado estaba lejos de haber sido completamente desvelada. Con la determinación renovada, Lisa se preparó para continuar su búsqueda de respuestas y enfrentar los misterios que aún quedaban por resolver.

Capítulo 6

La mañana siguiente llegó con una atmósfera fresca y tranquila, en contraste con la intensidad de la noche anterior. Lisa Murphy, aunque agotada por el ritual, se despertó con una sensación de determinación renovada. El éxito del ritual había proporcionado un alivio temporal, pero Lisa sabía que aún quedaban muchas preguntas sin respuesta. La conexión entre el espejo, el pacto oscuro y los eventos en la mansión seguía siendo enigmática.

Se preparó para un nuevo día de investigación, decidida a profundizar en la historia de la familia Whitmore y los misteriosos eventos que habían tenido lugar en la mansión. Daniel y Emily también estaban comprometidos con la búsqueda de respuestas y se ofrecieron a acompañarla en sus esfuerzos.

Antes de comenzar, Lisa revisó el contenido de la caja que había encontrado en el sótano. Aparte de las cartas y documentos que ya había examinado, había un pequeño cuaderno de notas que parecía haber sido escrito por un miembro de la familia Whitmore. El cuaderno estaba lleno de anotaciones sobre eventos y observaciones, y Lisa esperaba que pudiera proporcionar más información útil.

El cuaderno estaba lleno de registros detallados sobre la vida cotidiana de la familia y sus interacciones con la mansión. Sin embargo, algunas páginas estaban marcadas con símbolos extraños y notas sobre eventos inusuales. Lisa se centró en las secciones que mencionaban el espejo y los rituales esotéricos. Encontró una entrada particularmente intrigante que hablaba de una serie de encuentros con un individuo misterioso.

La entrada describía a un hombre que visitaba la mansión en secreto y parecía tener un conocimiento profundo sobre prácticas esotéricas. El hombre había hecho varias recomendaciones sobre cómo manejar el espejo y protegerse de las fuerzas oscuras. La entrada también mencionaba que el hombre había dejado atrás un objeto que podría ser clave para comprender el misterio.

Lisa decidió que debía investigar más sobre este individuo y el objeto que había dejado atrás. La entrada en el cuaderno proporcionaba una descripción vaga del hombre y una mención de que había dejado un objeto en un lugar específico de la mansión. Lisa se dirigió al vestíbulo, donde el espejo estaba ubicado, y comenzó a buscar cualquier pista sobre el objeto mencionado.

Mientras revisaba el área, Emily y Daniel se encargaron de investigar otros lugares de la mansión. Emily revisó los archivos de la biblioteca en busca de información adicional sobre el misterioso visitante, mientras que Daniel exploró el sótano en busca de pistas sobre el objeto dejado atrás.

Lisa examinó el vestíbulo con detenimiento, buscando cualquier objeto o señal que pudiera estar relacionado con el visitante misterioso. Después de una minuciosa inspección, Lisa encontró una pequeña caja escondida detrás de una de las columnas decorativas del vestíbulo. La caja era similar a la que había encontrado en el ático, pero parecía estar en mejor estado.

Con cautela, Lisa abrió la caja y descubrió un conjunto de objetos y documentos. Entre ellos, encontró una serie de amuletos esotéricos, una pequeña llave antigua y una nota escrita a mano. La nota estaba dirigida a Margaret Whitmore y contenía instrucciones sobre cómo utilizar los amuletos para protegerse de las fuerzas oscuras. También mencionaba que la llave podía abrir un compartimento secreto en la mansión.

Lisa sintió una mezcla de emoción y preocupación al encontrar la nota. La información sobre los amuletos y la llave podría proporcionar respuestas importantes sobre el misterio del espejo y el pacto oscuro. Decidió que debía encontrar el compartimento secreto mencionado en la nota.

Mientras tanto, Emily había encontrado un registro antiguo en la biblioteca que hablaba sobre el visitante misterioso. El registro proporcionaba más detalles sobre el hombre, incluyendo su nombre: Jonathan Blackwood. Blackwood había sido un experto en esoterismo y había sido conocido por sus conocimientos sobre rituales y prácticas oscuras. La información en el registro sugería que Blackwood había tenido una influencia significativa en los eventos que habían ocurrido en la mansión.

Con la información que había encontrado, Lisa decidió que debía investigar más sobre Jonathan Blackwood y su conexión con la familia Whitmore. La presencia de los amuletos y la llave indicaba que Blackwood había tenido un papel crucial en los eventos que rodeaban el espejo.

Lisa y Emily se reunieron con Daniel, quien también había encontrado algunos documentos adicionales en el sótano. Los documentos hablaban de la historia de la mansión y mencionaban varios eventos extraños, incluidos los rituales oscuros que se habían llevado a cabo. Daniel había encontrado referencias a un "libro de sombras" que contenía información sobre los rituales y cómo contrarrestarlos.

Con la información recopilada, Lisa, Daniel y Emily decidieron que el siguiente paso sería buscar el compartimento secreto mencionado en la nota. La mansión estaba llena de escondites y pasadizos ocultos, y el compartimento podría contener información clave para resolver el misterio.

Se dirigieron al vestíbulo, donde Lisa y Daniel comenzaron a buscar un lugar que pudiera ocultar el compartimento secreto. La pequeña llave encontrada en la caja parecía ser el instrumento adecuado para abrirlo. Después de una búsqueda exhaustiva, encontraron una puerta oculta en una de las paredes del vestíbulo. La puerta estaba cubierta por un panel decorativo que se deslizaba hacia un lado para revelar un espacio escondido.

Dentro del compartimento secreto, encontraron una serie de documentos antiguos y un libro encuadernado en cuero. El libro parecía ser el "libro de sombras" mencionado en los documentos encontrados por Daniel. Lisa y Emily revisaron el contenido del libro, que estaba lleno de instrucciones sobre rituales y prácticas esotéricas. El libro proporcionaba detalles sobre cómo realizar rituales de protección y contrarrestar las fuerzas oscuras.

Mientras revisaban el libro, Lisa y Emily encontraron un capítulo que parecía ofrecer instrucciones sobre cómo romper un pacto oscuro. Las instrucciones eran detalladas y requerían varios ingredientes y rituales específicos. Lisa sintió una sensación de alivio al descubrir que el libro contenía información valiosa para resolver el misterio.

La información en el libro y en los documentos ayudó a esclarecer la conexión entre el espejo, el pacto oscuro y los eventos en la mansión. Lisa se dio cuenta de que el pacto había sido hecho por un miembro de la familia Whitmore en un intento desesperado de obtener poder y conocimiento. El pacto había involucrado un ritual oscuro y había dejado una marca en la mansión y en el espejo.

Con la nueva información, Lisa, Daniel y Emily se prepararon para llevar a cabo el siguiente paso en la investigación. Sabían que debían ser cautelosos y estar preparados para enfrentar cualquier desafío que pudiera surgir. La mansión seguía siendo un lugar cargado de misterio y peligro, y el camino hacia la verdad estaba lleno de obstáculos.

Esa noche, mientras la lluvia seguía cayendo afuera, Lisa se sentó en el vestíbulo con el libro de sombras y los documentos a su lado. Estaba decidida a desentrañar los secretos del espejo y de la mansión, y estaba dispuesta a enfrentar lo que viniera. El reflejo del espejo, ahora aparentemente normal, parecía observarla en silencio, como si también esperara el desenlace de los misterios que habían estado ocultos durante tanto tiempo.

Capítulo 7

El día siguiente amaneció con una niebla espesa que envolvía la mansión, creando una atmósfera aún más misteriosa y opresiva. Lisa Murphy, Daniel y Emily se habían reunido en la biblioteca, decididos a profundizar en la investigación con la nueva información que habían descubierto. El libro de sombras y los documentos encontrados en el compartimento secreto ofrecían una oportunidad para resolver los enigmas que rodeaban el espejo y el pacto oscuro.

Mientras el grupo se preparaba para trabajar, Lisa se sintió alentada por el progreso que habían hecho, pero también estaba consciente de que los desafíos que enfrentaban podrían ser aún más complejos de lo que esperaban. La niebla que cubría la mansión parecía ser un reflejo de la confusión y el misterio que aún rodeaban su búsqueda.

Emily se había tomado el tiempo para revisar los detalles del libro de sombras, anotando los ingredientes y los rituales necesarios para contrarrestar el pacto oscuro. Lisa había estado leyendo los documentos antiguos en busca de pistas sobre la historia de la familia Whitmore y cualquier detalle adicional que pudiera ser relevante para su investigación. Daniel, por su parte, estaba investigando el papel de Jonathan Blackwood en la historia de la mansión y su conexión con el pacto oscuro.

El libro de sombras contenía una serie de rituales y prácticas esotéricas, algunos de los cuales parecían estar directamente relacionados con el espejo y el pacto. La información sobre el ritual de contraposición era detallada y compleja, requiriendo varios ingredientes y pasos específicos para llevar a cabo. Emily estaba particularmente interesada en el ritual de protección descrito en el libro y cómo podría aplicarse para proteger a Lisa y al grupo durante la investigación.

Mientras Lisa revisaba los documentos, encontró una referencia a un evento importante en la historia de la mansión. El documento hablaba de una ceremonia realizada por la familia Whitmore que parecía estar vinculada al pacto oscuro. La ceremonia había tenido lugar en un lugar específico de la mansión, y el documento incluía una descripción detallada del lugar y los rituales que se llevaron a cabo.

Lisa decidió que debían investigar el lugar mencionado en el documento. El sitio parecía estar ubicado en una sección apartada de la mansión, y el documento indicaba que se trataba de un sótano secreto que había sido utilizado para los rituales esotéricos. Con la información del documento en mano, el grupo se preparó para explorar esta nueva área de la mansión.

Se dirigieron al área mencionada en el documento, que estaba ubicada en una parte oculta del sótano. El pasadizo era estrecho y oscuro, y el aire estaba impregnado de un olor a humedad y a moho. La niebla afuera parecía haberse infiltrado en el sótano, creando un ambiente aún más sombrío.

Lisa, Daniel y Emily siguieron el pasadizo, utilizando linternas para iluminar su camino. Después de un breve recorrido, llegaron a una puerta de hierro antigua que parecía haber sido sellada durante mucho tiempo. La puerta estaba cubierta de polvo y telarañas, y la cerradura parecía oxidada. Con la llave antigua encontrada en el compartimento secreto, Lisa intentó abrir la puerta.

La llave encajó perfectamente en la cerradura, y con un giro cuidadoso, la puerta se abrió con un chirrido. Al otro lado de la puerta había una sala grande y vacía, con paredes de piedra y un suelo cubierto de polvo. En el centro de la sala había un altar antiguo, con símbolos esotéricos tallados en la piedra.

Lisa se acercó al altar con cautela, examinando los símbolos y los detalles del lugar. El altar parecía estar alineado con los rituales descritos en el libro de sombras, y Lisa sintió una creciente sensación de inquietud. La sala estaba llena de un silencio pesado, interrumpido solo por el eco de sus pasos y el sonido de la lluvia que seguía cayendo afuera.

Mientras Lisa investigaba el altar, Emily revisó los alrededores en busca de cualquier otro detalle relevante. Encontró varios objetos antiguos y decoraciones esotéricas que parecían estar relacionados con los rituales realizados en el pasado. Daniel se encargó de tomar notas y de documentar todo lo que encontraban.

En la base del altar, Lisa descubrió una serie de compartimentos ocultos que contenían varios objetos y documentos antiguos. Entre los objetos, había una serie de amuletos y talismanes, así como un libro encuadernado en cuero que parecía ser un registro adicional de los rituales realizados en la mansión.

Lisa y Emily comenzaron a revisar el libro y los documentos encontrados. El libro contenía registros detallados de las ceremonias esotéricas llevadas a cabo por la familia Whitmore, así como instrucciones sobre cómo realizar los rituales y cómo protegerse de las fuerzas oscuras. El libro también hablaba de un "ritual de purificación" que parecía ser una parte crucial para romper el pacto oscuro.

Lisa se sintió aliviada al encontrar más detalles sobre el ritual de purificación. La información parecía ser clave para resolver el misterio y protegerse de las fuerzas oscuras. El ritual requería una serie de ingredientes específicos y una preparación cuidadosa, y Lisa decidió que debía comenzar a reunir los elementos necesarios para llevar a cabo el ritual.

Mientras el grupo continuaba explorando la sala, Lisa comenzó a notar una serie de detalles inquietantes. Las paredes estaban cubiertas de símbolos y marcas que parecían tener una conexión con el pacto oscuro. Algunos de los símbolos eran similares a los encontrados en el libro de sombras, y Lisa sintió que había una conexión entre el lugar y los eventos que habían ocurrido en la mansión.

La investigación del lugar proporcionó una visión más clara de los rituales realizados por la familia Whitmore y de la influencia de Jonathan Blackwood. Lisa estaba cada vez más convencida de que el pacto oscuro y los rituales esotéricos habían tenido un impacto significativo en la historia de la mansión y en el espejo.

Al terminar la investigación en la sala, el grupo regresó al vestíbulo para planificar los próximos pasos. Lisa, Daniel y Emily estaban exhaustos pero satisfechos con el progreso realizado. Sabían que el ritual de purificación era el siguiente paso crucial en su búsqueda de respuestas.

Mientras se preparaban para llevar a cabo el ritual, Lisa reflexionó sobre los eventos recientes y las revelaciones que habían hecho. La conexión entre el espejo, el pacto oscuro y la historia de la familia Whitmore estaba tomando forma, pero el misterio aún no estaba completamente resuelto.

La niebla afuera se había disipado, y la lluvia había cesado, dejando un aire fresco y limpio. El grupo se preparó para enfrentar el siguiente desafío en su investigación, con la esperanza de que el ritual de purificación pudiera ofrecer una solución a los problemas que habían enfrentado.

Lisa sabía que la verdad estaba cerca, pero también era consciente de que los secretos del pasado podrían tener consecuencias inesperadas. Con la determinación renovada y el conocimiento adquirido, Lisa estaba lista para enfrentar los desafíos que se avecinaban y desentrañar los misterios que aún rodeaban el espejo y la mansión.

Capítulo 8

El ambiente en la mansión había cambiado desde la última investigación. La sensación de inquietud que había estado presente durante los últimos días se había intensificado, como si la mansión misma estuviera esperando el desenlace de los eventos que se estaban desarrollando. Lisa Murphy, Daniel y Emily se encontraban en la biblioteca, preparándose para llevar a cabo el ritual de purificación descrito en el libro de sombras.

El ritual era complejo y requería una serie de ingredientes específicos, muchos de los cuales Lisa y Emily habían conseguido reunir durante su investigación. La biblioteca estaba llena de frascos con hierbas, aceites y cristales, dispuestos meticulosamente sobre una mesa. Lisa había seguido las instrucciones del libro al pie de la letra, asegurándose de que cada elemento estuviera en el lugar correcto.

Mientras preparaban el ritual, el grupo discutió los detalles y las precauciones que debían tomar. Emily, con su experiencia en esoterismo, había revisado las instrucciones del ritual varias veces y había marcado los pasos clave que debían seguir. Daniel, que había estado investigando la historia de la mansión y el papel de Jonathan Blackwood, ofreció su apoyo y observó con atención.

El ritual de purificación estaba diseñado para eliminar las influencias oscuras y restablecer el equilibrio en la mansión. Requería una serie de pasos, comenzando con la creación de un círculo de protección en el suelo, alrededor del altar que Lisa había encontrado en el sótano. El círculo debía ser trazado con un polvo especial que Lisa había preparado, utilizando los símbolos protectores descritos en el libro.

Lisa y Emily comenzaron a trazar el círculo con cuidado, siguiendo las instrucciones del libro. La atmósfera en la biblioteca era tensa, y el sonido de las gotas de agua que caían en el tejado parecía amplificar el silencio que envolvía el lugar. Cada paso del ritual se llevaba a cabo con precisión, y el grupo estaba atento a cualquier detalle que pudiera afectar el éxito del ritual.

Una vez que el círculo de protección estuvo completo, Lisa colocó los ingredientes y los objetos necesarios en el altar. El altar estaba adornado con amuletos, cristales y aceites que debían ser utilizados durante el ritual. Emily encendió una serie de velas alrededor del altar, creando un ambiente de luz tenue que añadía un toque místico al proceso.

Lisa comenzó a recitar las palabras del ritual en voz alta, siguiendo el texto del libro de sombras. Las palabras estaban en un idioma antiguo, y su pronunciación era esencial para que el ritual tuviera éxito. Mientras Lisa recitaba, Emily y Daniel mantenían la vigilancia, asegurándose de que todo estuviera en orden y que el círculo de protección permaneciera intacto.

El ritual requería varias etapas, cada una con su propio conjunto de instrucciones y acciones. Lisa comenzó con la primera etapa, que consistía en purificar el altar y los objetos utilizando una mezcla de aceites y hierbas. La mezcla se aplicaba con un pincel especial, y Lisa movía el pincel en movimientos circulares mientras recitaba oraciones de purificación.

La segunda etapa del ritual involucraba la invocación de energías protectoras para ayudar a contrarrestar las influencias oscuras. Lisa utilizó cristales y amuletos para canalizar las energías positivas, colocándolos en puntos específicos alrededor del altar. Emily ayudó a preparar una mezcla de incienso y hierbas que debía ser quemada durante el proceso.

Mientras el incienso se quemaba, el aroma llenó la biblioteca, creando una atmósfera de calma y concentración. Lisa continuó recitando las palabras del ritual, y el grupo sintió una creciente energía en el aire. Las velas parpadeaban, y el círculo de protección parecía brillar con una luz suave.

En la tercera etapa del ritual, Lisa debía realizar una serie de invocaciones para alejar las fuerzas oscuras. Utilizó una mezcla de agua y esencias especiales para rociar el altar y el círculo de protección, siguiendo las instrucciones del libro. La acción debía ser realizada con precisión, y Lisa estaba atenta a cada detalle.

Mientras Lisa trabajaba en la tercera etapa, Emily y Daniel observaron con atención. La tensión en la habitación era palpable, y el ambiente se volvía más intenso a medida que el ritual avanzaba. Lisa podía sentir la presencia de energías en el aire, y el ambiente parecía cargado de una energía potente y concentrada.

La última etapa del ritual consistía en sellar la energía protectora y asegurar que el pacto oscuro fuera neutralizado. Lisa recitó una serie de palabras finales mientras colocaba los amuletos y cristales en su lugar. La luz de las velas brillaba con intensidad, y el círculo de protección parecía irradiar una energía vibrante.

Con el ritual completado, el grupo se reunió en el centro del círculo de protección, exhaustos pero aliviados. Lisa sintió una sensación de logro al haber llevado a cabo el ritual con éxito, pero también sabía que aún quedaban desafíos por enfrentar. El pacto oscuro había sido neutralizado, pero el misterio del espejo y la historia de la familia Whitmore seguían sin resolverse por completo.

Daniel y Emily ofrecieron palabras de apoyo y felicitación a Lisa, reconociendo el esfuerzo y la dedicación que había puesto en el ritual. El grupo estaba cansado pero satisfecho con el progreso realizado, y se prepararon para continuar la investigación y buscar más respuestas.

La noche avanzaba y la mansión parecía estar en calma después del ritual. El sonido de la lluvia había cesado por completo, y el aire se sentía fresco y limpio. Lisa se dirigió a su habitación, reflexionando sobre los eventos recientes y los próximos pasos en la investigación.

Mientras se preparaba para descansar, Lisa se dio cuenta de que el espejo aún guardaba secretos. Aunque el ritual de purificación había sido un éxito, el espejo seguía siendo un enigma y la conexión entre el pacto oscuro y la familia Whitmore requería más exploración. Lisa estaba decidida a desentrañar todos los misterios y encontrar la verdad detrás del espejo y los eventos que habían marcado la historia de la mansión.

Con la determinación renovada y el conocimiento adquirido, Lisa se preparó para enfrentar los desafíos que se avecinaban y continuar su búsqueda de respuestas. La verdad estaba cerca, pero aún había mucho por descubrir y resolver en la compleja red de secretos que rodeaban la mansión y el espejo.

Capítulo 9

La mañana siguiente se presentó despejada y brillante, en contraste con el clima gris y lluvioso que había precedido al ritual de purificación. La luz del sol filtrada a través de las ventanas de la mansión iluminaba los pasillos, revelando detalles que habían permanecido ocultos en la penumbra de la noche. Lisa Murphy se despertó con una sensación renovada de esperanza, sabiendo que el ritual había sido un paso crucial en la resolución del misterio, pero aún quedaba mucho por descubrir.

Después de un desayuno ligero, Lisa, Daniel y Emily se reunieron en la biblioteca para continuar con la investigación. La biblioteca estaba llena de libros antiguos y documentos históricos, y el grupo decidió que era hora de examinar el espejo con mayor detenimiento. El espejo, que había estado en el vestíbulo de la mansión, había sido el punto de partida de todo el misterio, y Lisa sabía que debía entender su verdadero propósito y origen para resolver el enigma.

Emily comenzó a revisar las notas y documentos que habían encontrado en el libro de sombras y los compartimentos secretos. En particular, se centró en cualquier información relacionada con la historia del espejo y su posible conexión con los rituales esotéricos descritos en el libro. Daniel, por su parte, buscó información adicional sobre Jonathan Blackwood y su relación con el espejo y el pacto oscuro.

Lisa, mientras tanto, se dirigió al vestíbulo para examinar el espejo de cerca. Aunque el ritual de purificación había neutralizado las influencias oscuras, el espejo seguía siendo un enigma. Lisa quería entender más sobre su origen y su papel en la historia de la familia Whitmore.

El espejo estaba colocado en un lugar prominente del vestíbulo, con su marco dorado ornamentado y su superficie reflejante intacta. Lisa se acercó al espejo y comenzó a examinar los detalles del marco y la superficie. Notó que había inscripciones y símbolos tallados en el marco que parecían tener un significado especial.

Con una lupa en mano, Lisa estudió las inscripciones en el marco del espejo. Las inscripciones eran de un idioma antiguo, y aunque Lisa no podía leerlo directamente, las imágenes y símbolos eran familiares. Parecían estar relacionados con prácticas esotéricas y rituales antiguos. Lisa se preguntaba si estas inscripciones podrían proporcionar pistas adicionales sobre el propósito del espejo y su conexión con el pacto oscuro.

Mientras Lisa examinaba el espejo, Emily y Daniel continuaron con su investigación en la biblioteca. Emily encontró una sección del libro de sombras que hablaba sobre la creación de espejos esotéricos y su papel en los rituales. El libro mencionaba que los espejos podían ser utilizados para canalizar energías y revelar secretos ocultos. Esto confirmaba que el espejo tenía una función especial en los rituales realizados por la familia Whitmore.

Daniel, por su parte, descubrió que Jonathan Blackwood había escrito varios textos sobre el uso de espejos en la práctica esotérica. Blackwood había sido un experto en la manipulación de energías y había utilizado espejos como herramientas para canalizar y controlar fuerzas sobrenaturales. La información que Daniel encontró sugirió que Blackwood había estado involucrado en la creación del espejo en la mansión.

Con esta nueva información, Lisa, Daniel y Emily se reunieron para discutir sus hallazgos. La conexión entre el espejo, Jonathan Blackwood y el pacto oscuro estaba tomando forma, pero aún había muchas preguntas sin respuesta. Lisa compartió sus observaciones sobre las inscripciones en el marco del espejo y la posible relación con los rituales esotéricos.

Emily sugirió que el próximo paso debería ser intentar activar el espejo para ver si podía revelar más información. El libro de sombras había mencionado que algunos espejos esotéricos podían ser activados mediante rituales o procedimientos específicos. Lisa y Emily decidieron que debían intentar uno de estos procedimientos para ver si podían obtener más respuestas.

El grupo preparó un espacio en la biblioteca para llevar a cabo el procedimiento. Lisa y Emily colocaron el espejo en el centro de la sala y prepararon una serie de ingredientes y objetos necesarios para activar el espejo. Daniel se encargó de documentar el proceso y de asegurarse de que todo estuviera en orden.

El procedimiento comenzó con la limpieza del espejo utilizando una mezcla especial de aceites y esencias. Lisa y Emily recitaron una serie de palabras en un idioma antiguo mientras aplicaban la mezcla al espejo. La atmósfera en la biblioteca se volvió más densa, y el aire parecía vibrar con una energía sutil.

Una vez que el espejo estuvo limpio y preparado, Lisa y Emily realizaron una serie de invocaciones para activar el espejo. Utilizaron una combinación de velas, cristales y símbolos esotéricos para canalizar la energía necesaria. El espejo comenzó a brillar con una luz suave, y Lisa sintió una corriente de energía que parecía emanar de su superficie.

A medida que el espejo se activaba, Lisa y Emily observaron con atención cualquier cambio en el reflejo. La superficie del espejo comenzó a mostrar imágenes y patrones que parecían ser fragmentos de la historia y los eventos relacionados con la mansión. Las imágenes eran difusas y cambiaban rápidamente, pero Lisa pudo distinguir algunos detalles clave.

Entre las imágenes que aparecieron en el espejo, Lisa vio escenas de la familia Whitmore realizando rituales y ceremonias en la mansión. También vio imágenes de Jonathan Blackwood y sus interacciones con la familia. Las imágenes parecían contar una historia de traición y poder, con el espejo desempeñando un papel central en los eventos.

Lisa, Emily y Daniel tomaron nota de las imágenes y trataron de interpretar su significado. La información revelada por el espejo parecía confirmar que el pacto oscuro había sido realizado por un miembro de la familia Whitmore en colaboración con Blackwood. El espejo había sido utilizado como una herramienta para canalizar y mantener el pacto.

Con la nueva información obtenida del espejo, el grupo se sintió más cerca de resolver el misterio. Sin embargo, sabían que aún quedaban muchos detalles por descubrir. La conexión entre el pacto oscuro, el espejo y la familia Whitmore estaba cada vez más clara, pero la verdad completa aún estaba fuera de su alcance.

El grupo decidió que debían investigar más a fondo la historia de Jonathan Blackwood y su relación con la familia Whitmore. También era necesario encontrar más detalles sobre el pacto oscuro y cómo había afectado a la mansión y a sus habitantes. Lisa, Daniel y Emily estaban decididos a continuar con la investigación y a desentrañar todos los secretos que aún rodeaban el espejo y la mansión.

La tarde avanzaba y el sol comenzaba a descender, sumiendo la mansión en una luz dorada. El grupo se preparó para la siguiente fase de la investigación, sabiendo que el camino hacia la verdad estaba lleno de desafíos y revelaciones. Con la determinación renovada y la información obtenida, Lisa estaba lista para enfrentar los próximos desafíos y continuar su búsqueda de respuestas.

Capítulo 10

Lisa Murphy se despertó con una sensación de inquietud que no podía sacudirse. La información obtenida del espejo había arrojado más luz sobre el oscuro pasado de la mansión, pero también había dejado muchas preguntas sin respuesta. El relato de traición y pacto oscuro que había visto en las imágenes del espejo indicaba una historia más compleja de lo que habían imaginado. Mientras el sol se alzaba en el cielo y la mansión comenzaba a despertar, Lisa sabía que debían profundizar aún más en la historia de Jonathan Blackwood y la familia Whitmore.

La mañana estaba tranquila, y el grupo se reunió en la biblioteca para discutir sus próximos pasos. Lisa, Daniel y Emily estaban determinados a desentrañar el misterio que rodeaba la mansión y el espejo. Daniel había encontrado información relevante sobre Jonathan Blackwood en los archivos antiguos, y Emily estaba revisando los detalles del pacto oscuro descritos en el libro de sombras. Lisa decidió que era el momento de explorar la historia de Blackwood y su relación con la familia Whitmore en mayor profundidad.

Emily había descubierto una serie de documentos y correspondencias que parecían ser de la época en que Blackwood estaba activo en la mansión. Estos documentos incluían cartas y notas que podrían proporcionar información adicional sobre su relación con la familia Whitmore y el propósito del pacto oscuro. Daniel se encargó de organizar y analizar estos documentos, mientras que Emily revisaba la correspondencia en busca de pistas.

Lisa se adentró en la investigación de la historia de Jonathan Blackwood. Sabía que Blackwood era una figura central en el misterio que rodeaba la mansión y el espejo. La información que Daniel había encontrado indicaba que Blackwood había sido un esoterista influyente con un conocimiento profundo de las prácticas ocultas y los rituales. Su relación con la familia Whitmore era clave para entender el pacto oscuro y el papel del espejo.

Lisa encontró un antiguo diario de Jonathan Blackwood en los archivos. El diario estaba lleno de anotaciones y reflexiones sobre sus prácticas esotéricas y sus experimentos con la magia y los rituales. A medida que Lisa leía las páginas del diario, se dio cuenta de que Blackwood estaba obsesionado con el poder y el control, y había estado buscando formas de aumentar su influencia y su poder a través de rituales oscuros.

En el diario, Blackwood hablaba de su asociación con la familia Whitmore y de cómo había sido invitado a la mansión para ayudar en la realización de un pacto oscuro. Blackwood había prometido a los Whitmore que les concedería poder y fortuna a cambio de su lealtad y compromiso con el pacto. Sin embargo, a medida que el pacto avanzaba, la relación entre Blackwood y la familia se volvió más tensa y conflictiva.

Lisa también encontró detalles sobre el ritual que había sido utilizado para sellar el pacto oscuro. El ritual requería una serie de pasos específicos y la invocación de fuerzas sobrenaturales, y Blackwood había descrito cómo había utilizado el espejo como una herramienta para canalizar y mantener el poder del pacto. La información en el diario confirmaba que el espejo era esencial para el pacto y que su propósito era mantener el control sobre las fuerzas oscuras.

Emily y Daniel continuaron revisando la correspondencia y los documentos relacionados con el pacto oscuro. Encontraron una serie de cartas entre Blackwood y la familia Whitmore que hablaban de los términos del pacto y de las dificultades que habían enfrentado en el proceso. Las cartas revelaban que la familia Whitmore había comenzado a cuestionar el pacto y la influencia de Blackwood, y había habido desacuerdos sobre cómo manejar el poder y las consecuencias del pacto.

El grupo se reunió para discutir sus hallazgos. Lisa compartió la información del diario de Blackwood y los detalles sobre el pacto oscuro y el espejo. Emily y Daniel proporcionaron un resumen de las cartas y los documentos que habían encontrado, destacando los conflictos y las tensiones entre Blackwood y la familia Whitmore.

Con la nueva información, el grupo comenzó a hacer conexiones entre los eventos del pasado y los problemas actuales en la mansión. La historia de traición y poder que se había desarrollado entre Blackwood y los Whitmore parecía ser la clave para resolver el misterio del espejo y el pacto oscuro. Lisa se dio cuenta de que el siguiente paso en la investigación debía ser examinar los efectos del pacto en la mansión y en sus habitantes.

Lisa, Daniel y Emily decidieron investigar más a fondo los efectos del pacto oscuro en la mansión y cómo había afectado a la familia Whitmore. Sabían que el pacto había tenido un impacto significativo en la historia de la mansión, y era esencial entender cómo había influido en los eventos y en la vida de los habitantes.

El grupo se dirigió al sótano de la mansión, el lugar donde habían encontrado el altar y los símbolos esotéricos. Lisa y Emily querían examinar el lugar con más detalle para buscar cualquier evidencia adicional sobre el pacto oscuro y sus efectos. Daniel se encargó de tomar notas y documentar cualquier hallazgo relevante.

Mientras exploraban el sótano, Lisa y Emily encontraron una serie de marcas y símbolos en las paredes que parecían estar relacionados con el pacto oscuro. Las marcas eran similares a las encontradas en el libro de sombras y en el espejo, y Lisa se preguntaba si podrían proporcionar pistas adicionales sobre el propósito del pacto y su impacto en la mansión.

En un rincón del sótano, Lisa descubrió un compartimento oculto que contenía una serie de documentos y objetos antiguos. Los documentos incluían registros y correspondencias relacionadas con el pacto oscuro y los rituales realizados por la familia Whitmore y Blackwood. Entre los objetos, Lisa encontró una serie de amuletos y talismanes que parecían haber sido utilizados en los rituales.

Emily examinó los documentos y encontró un registro detallado de los efectos del pacto en la mansión y en la familia Whitmore. Los registros indicaban que el pacto había tenido un impacto negativo en la salud y el bienestar de los habitantes de la mansión, y había causado una serie de eventos desafortunados y trágicos a lo largo de los años.

El grupo se dio cuenta de que el pacto oscuro había tenido consecuencias devastadoras para la familia Whitmore y para la mansión. La influencia de Blackwood y el poder del pacto habían causado una serie de problemas y dificultades que habían afectado a todos los que vivían en la mansión.

Con esta nueva información, Lisa, Daniel y Emily estaban más determinados que nunca a resolver el misterio y encontrar una solución. Sabían que debían deshacer el pacto oscuro y liberar a la mansión de la influencia negativa que había causado. El grupo se preparó para enfrentar el siguiente desafío en su investigación, con la esperanza de que la verdad y la solución al misterio estuvieran al alcance.

La noche llegó y el aire en la mansión se volvió más frío. Lisa, Daniel y Emily se reunieron en la biblioteca para planificar los próximos pasos en su investigación. La historia del pacto oscuro y el impacto en la mansión estaba tomando forma, y el grupo estaba listo para continuar su búsqueda de respuestas.

Con la determinación renovada y el conocimiento adquirido, Lisa estaba lista para enfrentar los desafíos que se avecinaban y desentrañar los secretos que aún rodeaban el espejo y la mansión. La verdad estaba cerca, y Lisa estaba decidida a encontrarla, sin importar los obstáculos que pudieran surgir en el camino.

Capítulo 11

La noche se asentó sobre la mansión, trayendo consigo un silencio inquietante que parecía ser el preludio de eventos significativos. Lisa Murphy se encontraba en la biblioteca, rodeada de documentos, libros y objetos antiguos, revisando la información que habían descubierto en el sótano. La luz de la lámpara iluminaba su rostro con un resplandor suave mientras estudiaba las marcas y símbolos encontrados en las paredes.

Daniel y Emily habían decidido tomarse un descanso y explorar otras áreas de la mansión en busca de más pistas. Lisa estaba decidida a descifrar los registros encontrados en el sótano, con la esperanza de que pudieran arrojar más luz sobre los eventos oscuros que habían afectado a la familia Whitmore y al pacto oscuro con Jonathan Blackwood.

El registro detallado que Lisa había encontrado incluía una serie de notas sobre eventos trágicos y misteriosos que habían ocurrido en la mansión a lo largo de los años. Estos eventos parecían estar relacionados con la influencia del pacto oscuro y los rituales realizados por Blackwood y la familia Whitmore.

Entre los documentos, Lisa encontró una serie de cartas escritas por miembros de la familia Whitmore que hablaban de sucesos extraños y de las dificultades que habían enfrentado debido al pacto oscuro. Las cartas revelaban una historia de desesperación y desesperanza, y Lisa podía sentir el peso de la tragedia que había afectado a la familia.

A medida que leía las cartas, Lisa comenzó a notar un patrón. Los eventos trágicos y los sucesos extraños parecían concentrarse en ciertas fechas y periodos de tiempo. Lisa se dio cuenta de que estos eventos coincidían con las fechas de los rituales y ceremonias descritos en el libro de sombras. Esto sugería que el pacto oscuro tenía un impacto directo en los eventos que habían ocurrido en la mansión.

Lisa decidió revisar las fechas y los eventos en detalle, buscando cualquier conexión adicional entre los rituales y los sucesos trágicos. La información reveló una serie de coincidencias que apuntaban a un patrón oscuro y predecible. Cada vez que se realizaba un ritual o se celebraba una ceremonia, parecía haber un aumento en la intensidad de los sucesos trágicos y los problemas en la mansión.

Mientras Lisa continuaba su investigación, comenzó a notar un cambio en la atmósfera de la biblioteca. El aire parecía volverse más pesado y denso, y una sensación de malestar se apoderó de ella. Lisa miró alrededor, tratando de identificar la fuente de la inquietud, pero no encontró nada fuera de lo común.

De repente, escuchó un ruido sordo proveniente de una de las estanterías de libros. Lisa se acercó con cautela, sintiendo una mezcla de curiosidad y temor. Al llegar a la estantería, vio que uno de los libros había caído al suelo. Lo recogió y lo examinó, dándose cuenta de que era un libro antiguo con una cubierta desgastada.

Lisa abrió el libro y descubrió que estaba lleno de anotaciones y diagramas esotéricos. Las notas parecían estar relacionadas con los rituales y prácticas descritas en el libro de sombras. Lisa se dio cuenta de que el libro podría contener información valiosa sobre el pacto oscuro y cómo había influido en la mansión.

El libro incluía una serie de diagramas detallados sobre los rituales realizados por Jonathan Blackwood y la familia Whitmore. Los diagramas mostraban las diferentes etapas de los rituales y las herramientas utilizadas para canalizar las energías. Lisa comenzó a comparar los diagramas con los símbolos y marcas encontrados en el sótano, buscando coincidencias.

A medida que Lisa revisaba el libro, notó que había una serie de diagramas y notas que hablaban de un ritual final que debía realizarse para sellar el pacto oscuro de manera permanente. El ritual final estaba diseñado para neutralizar la influencia del pacto y liberar a la mansión de las fuerzas oscuras que habían sido invocadas.

Lisa se dio cuenta de que el ritual final era una parte crucial de la solución al misterio. Si podía llevar a cabo el ritual final con éxito, podrían deshacer el pacto oscuro y poner fin a la influencia negativa en la mansión. Con esta nueva información, Lisa se sintió más esperanzada y determinada a encontrar una solución.

Mientras Lisa estaba absorta en su lectura, Daniel y Emily regresaron a la biblioteca. Habían estado explorando otras áreas de la mansión y habían encontrado algunos documentos adicionales y objetos antiguos. Daniel había descubierto una serie de cartas de la familia Whitmore que hablaban de un último intento de deshacer el pacto oscuro. Las cartas mencionaban la realización de un ritual final y la búsqueda de un antiguo artefacto que podría ser la clave para completar el ritual.

Emily también había encontrado un viejo libro de registros que contenía información sobre los eventos trágicos y misteriosos que habían ocurrido en la mansión. Los registros confirmaban las fechas y los patrones que Lisa había identificado en los documentos encontrados en el sótano.

El grupo se reunió para compartir sus hallazgos y discutir los próximos pasos. Lisa explicó la importancia del ritual final y cómo podría ser la clave para resolver el misterio del pacto oscuro. Daniel y Emily compartieron la información sobre las cartas y el artefacto mencionado, que parecía ser esencial para completar el ritual.

El artefacto mencionado en las cartas parecía ser una antigua reliquia que había sido utilizada en los rituales de la familia Whitmore. El grupo decidió que debían buscar el artefacto y asegurarse de que estaba disponible para el ritual final. Sabían que el artefacto podría estar escondido en algún lugar de la mansión o en los alrededores.

Con la información nueva y la determinación renovada, el grupo comenzó a planificar su búsqueda del artefacto y la preparación para el ritual final. La noche continuaba, y la mansión parecía estar en calma, como si estuviera esperando la resolución de los misterios que la rodeaban.

Lisa, Daniel y Emily se prepararon para enfrentar los próximos desafíos en su investigación, con la esperanza de que la verdad y la solución al misterio estuvieran al alcance. La búsqueda del artefacto y la realización del ritual final eran los próximos pasos cruciales en su misión para deshacer el pacto oscuro y liberar a la mansión de su influencia negativa.

La noche estaba llena de promesas y secretos, y el grupo estaba decidido a desentrañarlos. Con cada revelación y descubrimiento, Lisa se acercaba más a resolver el enigma del espejo y el oscuro pasado de la mansión. La verdad estaba cerca, y Lisa estaba lista para enfrentar lo que viniera, sin importar lo desafiante que pudiera ser el camino hacia la resolución.

Capítulo 12

La mañana siguiente se levantó con un cielo despejado y un sol brillante que prometía un día de claridad y propósito. Lisa Murphy, Daniel y Emily se despertaron con la sensación de que el tiempo apremiaba. Sabían que debían actuar con rapidez para encontrar el antiguo artefacto necesario para el ritual final y, con él, resolver el misterio que envolvía a la mansión y el pacto oscuro.

Tras un desayuno frugal, el grupo se reunió en la biblioteca para revisar la información obtenida y planificar su búsqueda. Lisa había revisado exhaustivamente los documentos y libros que habían encontrado, y había elaborado un plan para explorar la mansión en busca del artefacto. El artefacto, según las cartas encontradas por Daniel, podría estar escondido en un lugar significativo para la familia Whitmore o relacionado con los rituales esotéricos.

El primer paso fue revisar los documentos y notas que Daniel había encontrado, que mencionaban un último intento de deshacer el pacto oscuro y la búsqueda del artefacto. Estos documentos indicaban que el artefacto estaba relacionado con un antiguo ritual y que su ubicación podría estar conectada con los eventos trágicos ocurridos en la mansión.

El grupo decidió comenzar su búsqueda en las áreas más antiguas y menos exploradas de la mansión. La mansión, con su intrincada red de pasillos, sótanos y habitaciones ocultas, ofrecía muchos lugares donde el artefacto podría estar escondido. Sabían que cada rincón de la mansión podría ser crucial para resolver el misterio.

Lisa, Daniel y Emily comenzaron en el sótano, el lugar donde habían encontrado los documentos y símbolos esotéricos. Revisaron nuevamente los rincones del sótano, buscando cualquier pista adicional que pudiera haber sido pasada por alto. A pesar de sus esfuerzos, no encontraron nada que pareciera estar directamente relacionado con el artefacto.

Desalentados pero no derrotados, el grupo decidió trasladarse a la planta superior de la mansión. Allí, Lisa y Emily comenzaron a explorar una serie de habitaciones y armarios antiguos. Las habitaciones estaban llenas de muebles viejos, objetos decorativos y recuerdos de tiempos pasados, pero el grupo no encontró ninguna pista relevante.

Mientras tanto, Daniel revisaba los registros antiguos y las cartas que habían encontrado. Había un patrón en las fechas y los eventos que mencionaban ciertas habitaciones y áreas de la mansión. Daniel notó que una de las cartas hablaba de un evento específico que había ocurrido en una de las habitaciones de la planta superior. Esta habitación había sido mencionada como un lugar significativo durante la realización de uno de los rituales importantes.

Con esta nueva información, el grupo se dirigió a la habitación mencionada en los documentos. La habitación estaba situada en una esquina alejada de la mansión y parecía haber sido poco utilizada en los últimos años. Al entrar, Lisa, Daniel y Emily encontraron una serie de muebles antiguos cubiertos de polvo y telarañas.

Lisa se dirigió a un antiguo armario en un rincón de la habitación y comenzó a examinarlo. El armario estaba lleno de ropas viejas y objetos que parecían ser recuerdos familiares. Lisa revisó cuidadosamente cada estante, y de repente encontró una caja de madera en la parte superior del armario. La caja estaba cubierta de polvo y parecía haber estado oculta durante mucho tiempo.

Lisa tomó la caja con cuidado y la llevó a la mesa en el centro de la habitación. Emily y Daniel la miraban expectantes mientras Lisa abría la caja. Dentro de la caja, encontraron una serie de objetos antiguos, incluyendo un amuleto, una vela y una serie de documentos que parecían estar relacionados con los rituales esotéricos.

Uno de los documentos era un mapa antiguo de la mansión con una serie de marcas y símbolos que indicaban ubicaciones importantes. El mapa parecía mostrar un pasadizo secreto que conectaba diferentes áreas de la mansión. Lisa y Daniel estudiaron el mapa con atención, buscando cualquier pista sobre el posible lugar donde podría estar escondido el artefacto.

El grupo decidió seguir el mapa y explorar el pasadizo secreto indicado. Con la ayuda de la linterna, comenzaron a buscar la entrada al pasadizo, que parecía estar escondida detrás de una pared falsa en una de las habitaciones cercanas. Después de una búsqueda minuciosa, encontraron una palanca oculta en una esquina de la pared que, al ser accionada, reveló una puerta secreta.

Lisa, Daniel y Emily atravesaron la puerta y entraron en el pasadizo oscuro y estrecho. El pasadizo estaba lleno de telarañas y polvo, y parecía haber estado inactivo durante mucho tiempo. A medida que avanzaban, el grupo mantenía los sentidos alerta en busca de cualquier señal del artefacto.

El pasadizo conducía a una pequeña cámara subterránea que estaba decorada con símbolos esotéricos y marcas antiguas. En el centro de la cámara había un pedestal sobre el cual descansaba un antiguo cofre de madera. El cofre estaba adornado con grabados intrincados y parecía ser el tipo de objeto que podrían haber utilizado en los rituales.

Lisa, Daniel y Emily se acercaron al cofre con cautela. Lisa tomó la llave que había encontrado en la caja de madera en la habitación anterior y la usó para abrir el cofre. Dentro del cofre, encontraron un objeto que parecía ser el artefacto mencionado en los documentos: una antigua reliquia que estaba rodeada de símbolos esotéricos y adornos.

El artefacto era una esfera de cristal con un marco de metal intrincado, y su superficie estaba grabada con símbolos y runas antiguas. El grupo lo examinó con detenimiento, reconociendo que este objeto era crucial para el ritual final que debían realizar para deshacer el pacto oscuro.

Con el artefacto en mano, el grupo decidió regresar a la biblioteca para preparar el ritual final. Sabían que el ritual sería complejo y requeriría una planificación cuidadosa para asegurarse de que todo se llevara a cabo correctamente. Lisa, Daniel y Emily estaban decididos a completar la tarea y resolver el misterio de la mansión.

Mientras regresaban a la biblioteca, Lisa reflexionó sobre los eventos que habían llevado a este punto. La búsqueda del artefacto había sido desafiante, pero el hallazgo del objeto clave les acercaba a la resolución del enigma. Con el artefacto en su poder, el grupo se sentía más esperanzado y preparado para enfrentar el próximo desafío.

El día estaba llegando a su fin, y la mansión parecía estar en calma, como si estuviera esperando el desenlace de los eventos que se habían desarrollado. Lisa, Daniel y Emily se prepararon para el ritual final, conscientes de que el tiempo apremiaba y que la verdad estaba al alcance de la mano.

La búsqueda del artefacto había sido exitosa, y ahora el grupo estaba listo para enfrentarse al ritual final y deshacer el pacto oscuro que había afectado a la mansión durante tanto tiempo. Con determinación y esperanza, Lisa se preparó para el próximo paso en su misión, sabiendo que la resolución del misterio estaba más cerca que nunca.

Capítulo 13

E l crepúsculo se extendió sobre la mansión, cubriendo sus antiguas paredes con una sombra suave y alargada. La atmósfera en la mansión era densa con la anticipación del ritual que se avecinaba. Lisa Murphy, Daniel y Emily se encontraban en la biblioteca, rodeados de documentos, libros y el antiguo artefacto que habían encontrado en el pasadizo secreto. El aire estaba cargado de una mezcla de nerviosismo y esperanza, mientras el grupo se preparaba para llevar a cabo el ritual final que podría deshacer el pacto oscuro y liberar a la mansión de su influencia negativa.

Lisa estaba sentada en la mesa de la biblioteca, revisando las instrucciones del ritual final que había encontrado en los documentos y en el libro antiguo. La información era compleja y detallada, y el ritual requería una serie de pasos específicos y la utilización del artefacto para canalizar las energías necesarias para romper el pacto oscuro. Lisa estaba concentrada en asegurarse de que entendía cada detalle del ritual, sabiendo que cualquier error podría tener consecuencias desastrosas.

Daniel y Emily estaban ocupados preparando el espacio para el ritual. Habían despejado un área en el centro de la biblioteca y estaban colocando los objetos necesarios según las instrucciones del ritual. Había velas, símbolos esotéricos y varios componentes adicionales que debían ser utilizados para realizar el ritual con éxito.

El artefacto, la esfera de cristal con el marco de metal intrincado, reposaba en el centro de la mesa, rodeado por los componentes necesarios. Lisa lo miraba con una mezcla de asombro y respeto, reconociendo su importancia en la realización del ritual. El artefacto parecía emitir una luz tenue, que creaba un resplandor sutil en la habitación.

Mientras el grupo trabajaba, Emily revisaba los documentos y las notas para asegurarse de que todo estuviera en orden. Daniel se encargó de colocar las velas y los símbolos esotéricos en el suelo, siguiendo las instrucciones precisas del ritual. El ambiente en la biblioteca se volvía cada vez más solemne, mientras el grupo se preparaba para enfrentar el desafío que se avecinaba.

El ritual final requería una serie de pasos específicos, que incluían la invocación de fuerzas sobrenaturales y la utilización del artefacto para canalizar y disipar las energías oscuras. Lisa repasaba cada paso con cuidado, asegurándose de que todos entendieran su papel en el ritual y que estuvieran preparados para llevar a cabo cada tarea con precisión.

A medida que el sol se ponía y la noche caía sobre la mansión, el grupo se reunió para discutir los últimos detalles del ritual. Lisa explicó cada etapa del proceso y destacó la importancia de mantener la concentración y seguir las instrucciones con precisión. Sabían que el éxito del ritual dependía de su capacidad para trabajar en armonía y ejecutar cada paso correctamente.

Con el espacio preparado y el artefacto en su lugar, el grupo estaba listo para comenzar el ritual. Lisa encendió las velas y colocó los símbolos esotéricos en el suelo, siguiendo el patrón indicado en los documentos. Emily y Daniel se situaron en las posiciones designadas alrededor del área del ritual, listos para comenzar cuando Lisa diera la señal.

Lisa tomó una respiración profunda y comenzó a recitar las palabras del ritual, siguiendo las instrucciones del libro antiguo. La atmósfera en la biblioteca parecía vibrar con una energía creciente, mientras las velas emitían una luz tenue que iluminaba los símbolos esotéricos en el suelo. La esfera de cristal en el centro de la mesa comenzó a brillar con una intensidad creciente, proyectando sombras danzantes en las paredes.

El grupo mantuvo la concentración mientras Lisa continuaba recitando las palabras del ritual. Las velas parpadeaban y el ambiente se volvía cada vez más cargado con una energía palpable. A medida que avanzaba el ritual, Lisa comenzó a sentir una conexión con las fuerzas sobrenaturales que estaban siendo invocadas. La esfera de cristal parecía resonar con una vibración profunda y poderosa, y Lisa pudo sentir cómo el artefacto estaba canalizando la energía necesaria para deshacer el pacto oscuro.

De repente, un cambio en la atmósfera se hizo evidente. Las sombras en las paredes parecían moverse y retorcerse, como si respondieran a la energía del ritual. El aire se volvió más frío y la sensación de malestar se intensificó. Lisa y el grupo continuaron con el ritual, sin dejarse intimidar por las perturbaciones.

El momento crítico del ritual llegó cuando Lisa debía utilizar el artefacto para canalizar la energía y romper el pacto oscuro. Lisa tomó la esfera de cristal y la levantó por encima de su cabeza, siguiendo las instrucciones del libro antiguo. La esfera brillaba con una luz intensa, y la energía en la biblioteca alcanzó su punto máximo.

Lisa recitó las últimas palabras del ritual con determinación, mientras la esfera de cristal emitía una explosión de luz y energía. Las sombras en las paredes parecían disiparse y el aire se volvía más ligero. El grupo sintió un alivio creciente a medida que el ritual avanzaba hacia su conclusión.

Finalmente, el ritual llegó a su fin y la esfera de cristal dejó de brillar. Las velas se apagaron y la energía en la biblioteca comenzó a calmarse. El grupo se miró con una mezcla de agotamiento y alivio, sabiendo que habían completado el ritual final.

Lisa, Daniel y Emily se tomaron un momento para recuperar el aliento y procesar lo que acababa de ocurrir. El ritual había sido un desafío, pero el grupo se sintió satisfecho de haberlo llevado a cabo con éxito. Sabían que la influencia del pacto oscuro había sido disipada y que la mansión estaba libre de la influencia negativa que había afectado a la familia Whitmore durante tanto tiempo.

Con el ritual completo, el grupo decidió tomarse un tiempo para descansar y reflexionar sobre los eventos que habían llevado a este punto. La mansión parecía estar en calma, y el aire se sentía más ligero y fresco. Lisa, Daniel y Emily estaban agradecidos por haber superado el desafío y estaban listos para enfrentar los próximos pasos en su misión.

La noche avanzaba y la mansión comenzaba a recuperar su tranquilidad. Lisa miró alrededor de la biblioteca, sintiendo una profunda sensación de logro y paz. Sabía que el misterio del espejo y el pacto oscuro había sido resuelto, y que la mansión estaba finalmente libre de la influencia de las fuerzas oscuras.

El grupo se preparó para descansar y recuperarse, sabiendo que habían logrado una hazaña significativa. Con el ritual completo y la verdad revelada, Lisa, Daniel y Emily estaban listos para enfrentar cualquier desafío que pudiera surgir y seguir adelante con sus vidas, sabiendo que habían hecho una diferencia importante en la historia de la mansión.

Capítulo 14

La mañana siguiente amaneció tranquila y despejada. La luz del sol se filtraba a través de las ventanas de la mansión, bañando las habitaciones en un resplandor cálido y reconfortante. Lisa Murphy, Daniel y Emily se despertaron sintiéndose renovados después del agotador ritual de la noche anterior. El éxito del ritual final había traído un aire de alivio a la mansión, y la sensación de pesadez que había estado presente durante tanto tiempo parecía haberse disipado.

Después de un desayuno ligero, el grupo se reunió en la biblioteca para discutir los próximos pasos. Habían completado el ritual, pero sabían que aún quedaban preguntas sin respuesta y aspectos del misterio que necesitaban ser aclarados. La mansión había sido liberada de la influencia del pacto oscuro, pero el pasado seguía siendo un enigma que necesitaba resolverse.

Lisa, con una mirada de determinación en el rostro, comenzó a revisar nuevamente los documentos y cartas que habían encontrado a lo largo de su investigación. Sabía que había detalles importantes que podrían arrojar más luz sobre la historia de la familia Whitmore y el papel de Jonathan Blackwood en el pacto oscuro. Mientras examinaba los documentos, Lisa se dio cuenta de que había pasado por alto algunas cartas y notas que podrían contener información valiosa.

Daniel y Emily también estaban revisando los documentos, buscando pistas adicionales sobre la historia de la mansión y la familia Whitmore. Emily, en particular, estaba interesada en las cartas y los registros que mencionaban eventos y personas clave en la historia de la mansión. Daniel, por su parte, estaba enfocado en las anotaciones esotéricas y los símbolos que habían encontrado, tratando de comprender mejor cómo habían influido en los rituales.

Lisa encontró una carta que había sido escrita por un miembro de la familia Whitmore en el siglo XIX. La carta mencionaba un evento significativo que había ocurrido en la mansión y que estaba relacionado con el pacto oscuro.

La carta hablaba de una reunión secreta que había tenido lugar en la mansión, donde se habían discutido asuntos importantes sobre el pacto y su impacto en la familia.

La carta también mencionaba un antiguo diario que había sido escondido en la mansión por uno de los miembros de la familia. El diario contenía detalles sobre los eventos que habían llevado al pacto oscuro y las decisiones que habían tomado los miembros de la familia Whitmore. Lisa se dio cuenta de que el diario podría contener información crucial sobre la historia de la familia y el pacto oscuro.

Con la nueva pista en mano, Lisa, Daniel y Emily decidieron buscar el diario mencionado en la carta. La búsqueda los llevó a explorar áreas adicionales de la mansión, incluyendo habitaciones y espacios que aún no habían sido revisados a fondo. La mansión, con sus numerosos rincones y pasadizos ocultos, ofrecía muchos lugares donde el diario podría estar escondido.

La búsqueda comenzó en el desván, una zona que había sido utilizada como almacenamiento a lo largo de los años. El desván estaba lleno de cajas, muebles antiguos y objetos olvidados. Lisa, Daniel y Emily comenzaron a revisar las cajas y los estantes en busca de cualquier cosa que pudiera contener el diario.

Después de varias horas de búsqueda, encontraron una caja antigua en la parte trasera del desván. La caja estaba cubierta de polvo y telarañas, y parecía haber estado en el desván durante mucho tiempo. Lisa abrió la caja con cuidado, y dentro encontró una serie de documentos y objetos antiguos, incluyendo un diario desgastado por el tiempo.

El diario estaba encuadernado en cuero y parecía haber sido escrito a mano. Lisa lo examinó con cuidado y comenzó a leer las entradas, que estaban escritas en una caligrafía elegante y detallada. El diario contenía relatos sobre los eventos que habían llevado al pacto oscuro y las luchas internas de la familia Whitmore.

A medida que Lisa leía las entradas del diario, descubrió detalles sorprendentes sobre la historia de la familia. El diario revelaba que el pacto oscuro había sido inicialmente hecho en un intento desesperado por salvar a la familia de una serie de tragedias y desgracias. Sin embargo, a medida que el pacto avanzaba, sus efectos se volvieron cada vez más perjudiciales y devastadores.

El diario también mencionaba la existencia de una segunda esfera de cristal, que se había utilizado en los rituales iniciales del pacto. Esta esfera estaba diseñada para equilibrar las energías y evitar que el pacto se volviera demasiado poderoso. Sin embargo, la esfera se había perdido o escondido en algún lugar de la mansión, y su paradero había sido olvidado con el tiempo.

Lisa, Daniel y Emily se dieron cuenta de que la segunda esfera de cristal podría ser crucial para comprender completamente la historia del pacto y la familia Whitmore. Con esta nueva información, decidieron continuar su búsqueda en la mansión, con la esperanza de encontrar la segunda esfera y resolver el enigma por completo.

El grupo se dirigió a otras áreas de la mansión que aún no habían sido exploradas exhaustivamente. Lisa revisó los documentos y las notas del diario, buscando pistas sobre el paradero de la segunda esfera. Daniel y Emily se concentraron en examinar los pasadizos y habitaciones ocultas, buscando cualquier señal de la esfera perdida.

Durante la búsqueda, encontraron una serie de habitaciones y espacios que habían sido sellados o bloqueados durante muchos años. Algunas de estas áreas contenían objetos antiguos y recuerdos de la familia Whitmore, mientras que otras estaban vacías y desordenadas. La búsqueda fue meticulosa y exhaustiva, pero el grupo estaba decidido a encontrar la esfera perdida.

Finalmente, después de varias horas de búsqueda, Lisa descubrió una habitación secreta en el sótano de la mansión. La habitación estaba oculta detrás de una pared falsa y contenía una serie de objetos antiguos y artefactos relacionados con los rituales y el pacto oscuro. En el centro de la habitación había un pedestal sobre el cual descansaba una esfera de cristal que coincidía con la descripción del diario.

Lisa, Daniel y Emily examinaron la esfera con cuidado, reconociendo que era la segunda esfera mencionada en el diario. La esfera estaba adornada con símbolos esotéricos y parecía estar diseñada para equilibrar las energías. El grupo se sintió aliviado y emocionado al encontrar el objeto perdido.

Con la segunda esfera en su poder, el grupo regresó a la biblioteca para analizar la información y los documentos encontrados. Lisa revisó el diario y las notas, tratando de comprender cómo la segunda esfera encajaba en la historia del pacto oscuro y la familia Whitmore.

El grupo decidió que la próxima etapa de su investigación sería llevar a cabo un análisis detallado de la esfera y sus propiedades. Sabían que la esfera podría ofrecer información adicional sobre el pacto y la historia de la mansión. Con el diario, las esferas y los documentos en mano, Lisa, Daniel y Emily estaban listos para continuar su misión y resolver el misterio por completo.

La mansión, ahora liberada de la influencia del pacto oscuro, parecía ofrecer nuevas oportunidades para descubrir la verdad. Con cada revelación y descubrimiento, el grupo se acercaba más a comprender la historia completa de la familia Whitmore y el impacto del pacto oscuro en sus vidas.

Capítulo 15

El hallazgo de la segunda esfera de cristal había traído un nuevo aire de esperanza y resolución al grupo. La mañana siguiente, Lisa, Daniel y Emily se sentaron en la biblioteca para examinar más a fondo la esfera encontrada en el sótano. Sabían que esta esfera podría contener claves adicionales para desentrañar los secretos del pacto oscuro y el verdadero legado de la familia Whitmore.

La biblioteca, que había sido el centro de su investigación, estaba llena de documentos y objetos que se entrelazaban con la historia de la mansión. Los rayos del sol atravesaban las ventanas, iluminando los estantes repletos de libros antiguos y los objetos esotéricos que habían encontrado. La atmósfera era de concentración y determinación, mientras el grupo se preparaba para descifrar el enigma del legado de la familia.

Lisa examinó la segunda esfera de cristal con cuidado, notando que estaba adornada con símbolos similares a los de la esfera que habían utilizado en el ritual final. La esfera tenía una serie de grabados que parecían representar un mapa o una serie de direcciones. Era evidente que esta esfera tenía un propósito específico y una conexión crucial con la historia del pacto oscuro.

Daniel estaba absorto en la revisión de los documentos relacionados con la esfera, buscando pistas que pudieran ayudar a comprender su función. Emily, por su parte, revisaba las notas del diario que habían encontrado, tratando de encontrar cualquier detalle que pudiera arrojar luz sobre el significado de los símbolos en la esfera.

Después de un análisis exhaustivo, el grupo descubrió que los símbolos en la esfera representaban diferentes ubicaciones dentro de la mansión y sus alrededores. Algunos de los símbolos coincidían con lugares que ya habían explorado, mientras que otros parecían señalar áreas que aún no habían investigado en detalle.

Lisa y Emily decidieron seguir las pistas proporcionadas por la esfera y el diario para explorar las ubicaciones indicadas por los símbolos. Sabían que cada lugar podría contener información crucial sobre el legado de la familia Whitmore y el pacto oscuro. Daniel se quedó en la biblioteca para continuar analizando los documentos y prepararse para cualquier hallazgo adicional.

La primera ubicación indicada por la esfera era una pequeña capilla ubicada en una sección apartada del jardín de la mansión. La capilla, que había sido utilizada como lugar de culto y meditación por la familia Whitmore, parecía haber estado en desuso durante muchos años. Lisa y Emily se dirigieron al jardín, atravesando senderos cubiertos de hojas y arbustos que parecían haber sido descuidados.

Al llegar a la capilla, Lisa y Emily encontraron la puerta principal cerrada, pero descubrieron una pequeña ventana rota por la cual pudieron entrar. La capilla estaba en un estado de abandono, con bancos cubiertos de polvo y telarañas que colgaban del techo. En el centro de la capilla había un altar, y sobre él había una serie de objetos antiguos y símbolos esotéricos.

Lisa y Emily comenzaron a revisar los objetos en el altar y los símbolos en las paredes de la capilla. Encontraron una serie de grabados y dibujos que parecían estar relacionados con los rituales que se habían llevado a cabo en la mansión. También encontraron una serie de documentos y pergaminos que estaban envueltos en un paño antiguo.

Al desenrollar los pergaminos, Lisa y Emily descubrieron que contenían instrucciones detalladas sobre rituales y prácticas esotéricas realizadas por la familia Whitmore. Estos documentos ofrecían una visión más profunda de cómo se habían llevado a cabo los rituales y cómo se había desarrollado el pacto oscuro a lo largo del tiempo.

Entre los documentos, Lisa encontró una nota escrita a mano que parecía ser una carta de uno de los miembros de la familia Whitmore. La carta hablaba de un intento de romper el pacto oscuro y restaurar el equilibrio en la familia. El miembro de la familia había dejado instrucciones para la utilización de una tercera esfera de cristal, que se había perdido o escondido en algún lugar de la mansión.

Con esta nueva información, Lisa y Emily se dieron cuenta de que el legado de la familia Whitmore estaba aún más intrincado de lo que habían imaginado. La tercera esfera de cristal podría ser clave para entender completamente el pacto oscuro y los eventos que habían ocurrido en la mansión.

El grupo decidió regresar a la biblioteca y continuar investigando con la información recién descubierta. Lisa, Daniel y Emily estaban decididos a encontrar la tercera esfera y resolver el enigma del legado de la familia Whitmore. Sabían que cada descubrimiento los acercaba más a comprender la verdad detrás del pacto oscuro y la historia de la mansión.

La siguiente ubicación indicada por la esfera era una antigua sala de ceremonias ubicada en un rincón apartado de la mansión. La sala, que había sido utilizada para eventos importantes y rituales familiares, estaba ahora en desuso y cubierta de polvo. El grupo se dirigió a la sala para investigar y buscar cualquier pista que pudiera estar relacionada con la tercera esfera.

Al entrar en la sala de ceremonias, Lisa, Daniel y Emily encontraron una serie de objetos antiguos y muebles que habían sido utilizados en eventos importantes. La sala estaba llena de recuerdos de tiempos pasados, y el grupo comenzó a revisar cada rincón en busca de la tercera esfera.

Después de una búsqueda minuciosa, encontraron un compartimento secreto en el suelo de la sala. El compartimento estaba cubierto por una alfombra antigua y contenía una caja de madera con un candado. Lisa utilizó una de las llaves que habían encontrado anteriormente para abrir la caja, y dentro encontraron la tercera esfera de cristal.

La tercera esfera era similar a las otras dos, pero tenía un diseño único y estaba adornada con símbolos adicionales que representaban una serie de eventos y lugares importantes en la historia de la familia Whitmore. El grupo se sintió emocionado al encontrar la esfera y decidió llevarla de regreso a la biblioteca para examinarla con más detalle.

Con las tres esferas en su poder, Lisa, Daniel y Emily sabían que estaban cerca de resolver el enigma del legado de la familia Whitmore y el pacto oscuro. Las esferas podrían proporcionar una visión más completa de cómo se habían llevado a cabo los rituales y cómo se podía romper el pacto de manera definitiva.

El grupo continuó su investigación en la biblioteca, revisando los documentos y los símbolos en las esferas. Cada esfera parecía tener un propósito específico y una conexión con los eventos y rituales que habían ocurrido en la mansión. Con cada descubrimiento, el grupo se acercaba más a comprender la verdad detrás del pacto oscuro y el legado de la familia Whitmore.

La mansión, ahora libre de la influencia del pacto oscuro, ofrecía nuevas oportunidades para descubrir la verdad. Lisa, Daniel y Emily estaban decididos a continuar su misión y resolver el misterio por completo. Con las tres esferas y la información obtenida, estaban listos para enfrentar el desafío final y desentrañar el enigma del legado de la familia Whitmore.

Capítulo 16

La biblioteca, iluminada por la luz de la mañana, había sido transformada en un centro de investigación frenética. Lisa, Daniel y Emily habían reunido todos los documentos, esferas de cristal y notas relacionadas con la historia del pacto oscuro y la familia Whitmore. La atmósfera estaba cargada de expectativa mientras el grupo se preparaba para desentrañar el enigma que había estado envuelto en misterio durante tanto tiempo.

Las tres esferas de cristal descansaban sobre una mesa en el centro de la biblioteca, cada una de ellas adornada con símbolos esotéricos y patrones complejos. Lisa, Daniel y Emily se sentaron alrededor de la mesa, revisando los documentos y comparando los símbolos de las esferas con los detalles encontrados en los pergaminos y el diario.

La primera esfera, que habían utilizado en el ritual final, había mostrado una serie de símbolos que representaban diferentes energías y direcciones. La segunda esfera, descubierta en la capilla, contenía símbolos relacionados con rituales y prácticas esotéricas. La tercera esfera, encontrada en la sala de ceremonias, tenía un diseño único que representaba eventos importantes en la historia de la familia Whitmore.

Lisa comenzó a analizar los símbolos en las esferas, buscando patrones que pudieran conectar los eventos y lugares mencionados en los documentos. Daniel revisaba las notas del diario, tratando de identificar cualquier referencia a los símbolos y cómo se habían utilizado en los rituales. Emily examinaba los objetos y símbolos esotéricos encontrados en la capilla y la sala de ceremonias, buscando conexiones adicionales.

Después de varias horas de investigación, Lisa notó un patrón en los símbolos de las esferas. Cada esfera parecía estar relacionada con un aspecto específico del pacto oscuro y la historia de la familia Whitmore. La primera esfera representaba el equilibrio de las energías, la segunda esfera estaba relacionada con los rituales y la tercera esfera parecía estar conectada con eventos y decisiones clave.

Con esta información, Lisa decidió que era el momento de intentar un nuevo ritual utilizando las tres esferas. Sabían que el pacto oscuro había sido un intento de equilibrar las energías y salvar a la familia Whitmore, pero también había causado gran sufrimiento y tragedia. El nuevo ritual podría ser la clave para resolver el enigma y traer la paz definitiva a la mansión.

El grupo preparó el espacio en la biblioteca para el ritual. Colocaron las esferas en el centro de la mesa, rodeadas por velas y símbolos esotéricos. Lisa revisó las instrucciones del ritual, asegurándose de que todo estuviera en orden. Daniel y Emily se encargaron de colocar los objetos y preparar el espacio según las indicaciones del ritual.

Cuando todo estuvo listo, Lisa comenzó a recitar las palabras del ritual, siguiendo las instrucciones del diario y los documentos encontrados. Las esferas comenzaron a brillar con una luz tenue, y la energía en la biblioteca se volvió palpable. Lisa y el grupo mantuvieron la concentración mientras llevaban a cabo cada paso del ritual.

El ritual requería la canalización de las energías de las tres esferas para equilibrar las fuerzas y deshacer el pacto oscuro. Lisa recitó las palabras con precisión, mientras las esferas emitían una luz intensa que llenaba la habitación. El grupo sentía una conexión creciente con las energías y los eventos históricos que se estaban desentrañando.

A medida que el ritual avanzaba, las sombras en la biblioteca comenzaron a moverse y retorcerse, como si respondieran a la energía del ritual. La luz de las esferas se volvió más brillante, proyectando patrones complejos en las paredes y el suelo. La atmósfera se llenó de una sensación de poder y liberación.

Lisa, Daniel y Emily continuaron con el ritual, cada uno en su papel designado. La esfera que representaba el equilibrio de las energías estaba en el centro, mientras las otras dos esferas se colocaban en posiciones estratégicas para canalizar las energías. El grupo recitaba las palabras del ritual y realizaba los movimientos necesarios para completar cada paso.

Finalmente, el momento crítico del ritual llegó cuando Lisa debía utilizar las esferas para equilibrar las energías y romper el pacto oscuro de manera definitiva. Tomó las esferas en sus manos y las levantó por encima de su cabeza, siguiendo las instrucciones del ritual. Las esferas brillaban con una intensidad abrumadora, y la energía en la biblioteca alcanzó su punto máximo.

Lisa recitó las últimas palabras del ritual con determinación, mientras las esferas emitían una explosión de luz y energía. Las sombras en las paredes se disiparon y el aire se volvió más ligero. El grupo sintió una ola de alivio y paz a medida que el ritual llegaba a su conclusión.

Con el ritual completo, las esferas dejaron de brillar y la energía en la biblioteca se calmó. Lisa, Daniel y Emily se miraron con una mezcla de agotamiento y satisfacción, sabiendo que habían completado el ritual con éxito y deshecho el pacto oscuro. La mansión parecía estar en calma, y la influencia negativa había desaparecido por completo.

El grupo decidió tomarse un momento para reflexionar sobre los eventos que habían llevado a este punto. Sabían que el enigma del legado de la familia Whitmore había sido resuelto y que la verdad había sido revelada. La mansión estaba libre de la influencia del pacto oscuro y el legado de la familia Whitmore había sido restaurado.

Con el éxito del ritual y la verdad descubierta, Lisa, Daniel y Emily estaban listos para enfrentar el futuro y seguir adelante con sus vidas. La mansión, ahora en paz, ofrecía nuevas oportunidades para descubrir y explorar. El grupo estaba agradecido por haber superado el desafío y estaba preparado para cualquier nuevo desafío que pudiera surgir.

El sol se estaba poniendo sobre la mansión, bañando las habitaciones en un resplandor dorado. Lisa, Daniel y Emily se sintieron aliviados y esperanzados, sabiendo que habían hecho una diferencia significativa en la historia de la familia Whitmore y en la mansión. Con el enigma del legado resuelto y el pacto oscuro deshecho, estaban listos para comenzar un nuevo capítulo en sus vidas.

Capítulo 17

Después del exitoso ritual, la atmósfera en la mansión había cambiado. La oscuridad que había envolvido el lugar durante tanto tiempo se había disipado, dando paso a una sensación de calma y serenidad. Lisa, Daniel y Emily se encontraban en la biblioteca, revisando los últimos detalles del legado de la familia Whitmore y reflexionando sobre los eventos recientes. A pesar de la sensación de alivio, un eco de inquietud persistía, como si los últimos fragmentos del pasado aún necesitaran ser enfrentados.

Lisa estaba revisando los documentos que habían encontrado en la capilla y la sala de ceremonias, tratando de recopilar toda la información posible para entender completamente el impacto del pacto oscuro en la familia Whitmore. Daniel estaba en la mesa, analizando las notas y los símbolos esotéricos con atención, mientras Emily examinaba los objetos antiguos que habían sido recuperados durante la investigación.

De repente, la puerta de la biblioteca se abrió y el Dr. William Whitmore, el último descendiente conocido de la familia, entró con una expresión grave. Había estado ausente durante gran parte de la investigación, pero había sido contactado por Lisa y el grupo cuando se acercaba el final del ritual. El Dr. Whitmore, con su porte elegante y su mirada cansada, parecía haber soportado un peso considerable durante todo este proceso.

"¿Cómo ha ido todo?" preguntó el Dr. Whitmore, su voz resonando en el espacio vacío de la biblioteca.

Lisa se levantó y se acercó al Dr. Whitmore. "Hemos completado el ritual y hemos encontrado todas las esferas. La influencia del pacto oscuro ha desaparecido, pero aún necesitamos resolver algunos detalles sobre el legado de su familia."

El Dr. Whitmore asintió lentamente y se dirigió hacia la mesa donde Lisa y Daniel estaban trabajando. "Estoy dispuesto a ayudar en lo que pueda. Hay aspectos del pasado que necesito entender, y parece que ustedes han llegado al fondo del misterio."

Con la llegada del Dr. Whitmore, el grupo decidió revisar los documentos y objetos antiguos juntos, con la esperanza de arrojar luz sobre las últimas piezas del rompecabezas. El Dr. Whitmore se sentó con ellos y comenzó a examinar los pergaminos y cartas, su conocimiento de la historia familiar proporcionando una perspectiva valiosa.

Mientras revisaban los documentos, Daniel descubrió una carta oculta entre los papeles, una carta que no habían notado antes. La carta estaba escrita en un tono personal y parecía haber sido dirigida a un miembro de la familia Whitmore. Al leerla, el grupo descubrió que contenía una confesión de un antiguo miembro de la familia sobre su papel en el pacto oscuro.

La carta revelaba que el pacto había sido inicialmente hecho en un intento de salvar a la familia de una serie de tragedias, pero también contenía un elemento de codicia y ambición. El miembro de la familia había admitido haber buscado poder y control a través del pacto, lo que había llevado a las consecuencias devastadoras que habían afectado a la familia Whitmore a lo largo de los años.

El Dr. Whitmore parecía perturbado por la revelación, su rostro pálido mientras leía la carta. "Nunca imaginé que la historia de mi familia estuviera tan teñida de codicia y desesperación," dijo con voz temblorosa. "Siempre supe que hubo algo oscuro en el pasado, pero esta carta confirma mis peores temores."

Lisa colocó una mano en el hombro del Dr. Whitmore en señal de apoyo. "Es importante enfrentar la verdad, no importa cuán dolorosa sea. Ahora que sabemos la verdad, podemos trabajar para sanar y restaurar lo que se ha perdido."

El grupo continuó revisando los documentos, encontrando más detalles sobre los eventos que habían llevado al pacto oscuro y la forma en que había afectado a la familia Whitmore. Cada descubrimiento parecía arrojar luz sobre aspectos anteriores del pacto y las decisiones que habían sido tomadas por los miembros de la familia.

Entre los documentos, encontraron un antiguo libro de rituales que contenía instrucciones para realizar los rituales utilizados en el pacto oscuro. El libro estaba lleno de símbolos y anotaciones, y parecía ser una guía completa para las prácticas esotéricas que habían sido utilizadas para mantener el pacto.

Emily comenzó a examinar el libro con cuidado, buscando cualquier información adicional que pudiera ser relevante. A medida que pasaba las páginas, descubrió un capítulo que parecía estar relacionado con la ruptura del pacto y la restauración del equilibrio. La información en el capítulo era detallada y proporcionaba un enfoque diferente para deshacer el pacto, sugiriendo que había un método alternativo que no se había utilizado durante el ritual final.

El grupo decidió investigar el método alternativo descrito en el libro de rituales. Aunque ya habían completado el ritual final, sabían que era importante comprender todos los aspectos del pacto oscuro para asegurarse de que no quedaran cabos sueltos. El método alternativo podría ofrecer una perspectiva adicional sobre cómo se podía restaurar el equilibrio de manera más completa.

Lisa, Daniel y Emily se prepararon para llevar a cabo el nuevo enfoque del ritual. Aunque no estaban seguros de si sería necesario, estaban decididos a hacer todo lo posible para asegurar que el pacto oscuro hubiera sido completamente deshecho. Prepararon el espacio en la biblioteca, reuniendo los objetos y símbolos necesarios según las instrucciones del libro de rituales.

El Dr. Whitmore observó el proceso con interés y preocupación, consciente de la importancia de lo que estaban a punto de hacer. Aunque la mansión ya parecía estar en calma, el grupo sabía que era fundamental asegurarse de que todos los aspectos del pacto oscuro hubieran sido abordados.

El nuevo ritual comenzó con la recitación de palabras y la colocación de objetos en posiciones específicas. Las esferas de cristal fueron utilizadas para canalizar las energías, y el grupo siguió cuidadosamente las instrucciones del libro de rituales. Aunque el ritual parecía similar al que habían realizado anteriormente, el método alternativo requería una serie de pasos adicionales y un enfoque diferente.

A medida que el ritual avanzaba, la energía en la biblioteca comenzó a cambiar. El grupo sintió una mayor intensidad en las esferas y una conexión más profunda con los eventos históricos que se estaban abordando. La atmósfera estaba cargada de poder y resonaba con una sensación de restauración.

Finalmente, el ritual llegó a su conclusión, y las esferas dejaron de brillar. La energía en la biblioteca se calmó, y el grupo sintió una sensación de paz y resolución. Lisa, Daniel y Emily se miraron, sabiendo que habían abordado todos los aspectos del pacto oscuro y el legado de la familia Whitmore.

El Dr. Whitmore se acercó al grupo con una expresión de gratitud y alivio. "Gracias por todo lo que han hecho. La verdad ha sido revelada, y el legado de mi familia ha sido restaurado. Estoy en deuda con ustedes por su dedicación y esfuerzo."

Lisa sonrió y asintió. "Hemos hecho lo mejor que hemos podido para resolver el misterio y traer paz a la mansión. Ahora es momento de seguir adelante y enfrentar el futuro."

Con el enigma del legado resuelto y el pacto oscuro deshecho, Lisa, Daniel y Emily sabían que habían completado una importante misión. La mansión estaba en calma, y el pasado había sido enfrentado de manera definitiva. El grupo se preparó para cerrar este capítulo y avanzar hacia nuevos comienzos.

Capítulo 18

El sol se había puesto sobre la mansión Whitmore, bañando el paisaje en una suave luz dorada que parecía marcar el final de una era de oscuridad y misterio. La mansión, ahora en calma tras el ritual final, ofrecía un aire de serenidad que contrastaba fuertemente con la tensión y el caos que había dominado los días anteriores. Lisa, Daniel y Emily, habiendo completado gran parte de su misión, se preparaban para la última etapa de su investigación: una prueba final que podría revelar el verdadero impacto del pacto oscuro en la familia Whitmore.

Durante los días previos, habían revisado todos los documentos y símbolos relacionados con el pacto oscuro y el legado de la familia. Habían encontrado pistas adicionales que sugerían que aún podía haber aspectos del pacto que necesitaban ser confrontados o comprendidos. Aunque la energía negativa había desaparecido y el ritual había sido completado, había una sensación persistente de que algo aún no estaba completamente resuelto.

El Dr. Whitmore, consciente de la importancia de enfrentar el pasado de manera exhaustiva, había decidido participar en esta última prueba. Sabía que los secretos que se escondían en la mansión podían tener repercusiones significativas, y estaba dispuesto a hacer todo lo posible para asegurarse de que el legado de su familia fuera restaurado de manera completa.

La prueba final consistía en explorar un área de la mansión que había sido previamente sellada y cuya entrada había sido bloqueada durante años. Se trataba de un antiguo salón subterráneo, mencionado en algunos de los documentos antiguos como un lugar crucial para la historia del pacto oscuro. Aunque el grupo ya había explorado muchas áreas de la mansión, este salón subterráneo seguía siendo un enigma.

Lisa, Daniel, Emily y el Dr. Whitmore se dirigieron a la entrada del salón subterráneo, ubicada en el sótano de la mansión. La puerta estaba sellada con una serie de mecanismos antiguos que requerían una combinación de símbolos y palabras para ser desbloqueada. Usaron las pistas obtenidas de los documentos y las esferas de cristal para descifrar la combinación correcta.

Una vez que la puerta se abrió, el grupo descendió por una escalera que llevaba a un salón subterráneo grande y oscuro. El aire en el salón estaba cargado de una energía densa, y la atmósfera parecía pesada con la historia que había quedado atrapada en ese lugar.

Al entrar en el salón, el grupo encontró una serie de estanterías y vitrinas llenas de objetos antiguos y documentos. La decoración del lugar estaba elaborada y detallada, con símbolos esotéricos tallados en las paredes y el suelo. En el centro del salón había un altar antiguo, cubierto con un paño de terciopelo oscuro.

Lisa se acercó al altar y comenzó a examinar los objetos sobre él. Encontró una serie de artefactos esotéricos y documentos que parecían estar relacionados con los rituales y prácticas que se habían llevado a cabo en el pasado. Entre los objetos, había una caja antigua con un candado que parecía ser la clave para comprender la última etapa del pacto oscuro.

Con cuidado, Lisa y el Dr. Whitmore intentaron abrir la caja utilizando una combinación de símbolos y palabras. Después de varios intentos, lograron desbloquear el candado y abrir la caja. Dentro, encontraron un libro antiguo con una cubierta de cuero desgastado y un conjunto de cartas manuscritas.

El libro estaba lleno de detalles sobre los rituales y prácticas esotéricas utilizadas por la familia Whitmore. Contenía instrucciones para llevar a cabo ceremonias específicas y mantener el equilibrio de las energías. Las cartas manuscritas eran correspondencias entre los miembros de la familia y contenían información sobre la evolución del pacto oscuro a lo largo de los años.

Lisa comenzó a leer las cartas, descubriendo detalles adicionales sobre los sacrificios y decisiones que habían sido tomadas para mantener el pacto. La correspondencia revelaba que el pacto había evolucionado y cambiado con el tiempo, y que los miembros de la familia habían intentado mantenerlo bajo control a través de rituales y prácticas secretas.

Entre las cartas, Lisa encontró una que era particularmente relevante. Era una carta escrita por un miembro de la familia Whitmore que había estado involucrado en la creación del pacto original. La carta contenía una confesión sobre el verdadero propósito del pacto y la forma en que había sido utilizado para manipular y controlar a los miembros de la familia.

El Dr. Whitmore, al leer la carta, se dio cuenta de que el pacto había sido creado originalmente con la intención de proteger a la familia, pero se había corrompido con el tiempo. El miembro de la familia había admitido que había utilizado el pacto para obtener poder y control, lo que había llevado a las tragedias que habían afectado a la familia Whitmore durante generaciones.

Lisa, Daniel y Emily se dieron cuenta de que la última prueba consistía en confrontar el legado del pacto y tomar decisiones sobre cómo restaurar el equilibrio de manera completa. Sabían que la verdad sobre el pacto debía ser revelada y aceptada, y que era fundamental enfrentar cualquier aspecto final que pudiera haber quedado sin resolver.

El grupo decidió realizar una última ceremonia en el salón subterráneo, utilizando los objetos y documentos encontrados para llevar a cabo un ritual de restauración. El ritual tenía como objetivo liberar cualquier energía residual relacionada con el pacto oscuro y cerrar el capítulo de la historia de manera definitiva.

Con el Dr. Whitmore actuando como testigo y participante en la ceremonia, Lisa, Daniel y Emily comenzaron a preparar el espacio para el ritual. Colocaron los objetos esotéricos en el altar y recitaron las palabras del ritual con cuidado, siguiendo las instrucciones del libro antiguo y las cartas manuscritas.

A medida que el ritual avanzaba, la energía en el salón subterráneo comenzó a cambiar. Las sombras en las paredes parecían moverse y retorcerse, como si respondieran a la energía del ritual. El grupo sintió una conexión creciente con los eventos históricos y las decisiones que habían llevado al pacto oscuro.

Finalmente, el ritual llegó a su conclusión, y el grupo sintió una sensación de liberación y paz. Las energías residuales relacionadas con el pacto oscuro se habían disipado, y el legado de la familia Whitmore había sido restaurado de manera completa. El salón subterráneo, una vez cargado de oscuridad y misterio, se había transformado en un lugar de calma y resolución.

El Dr. Whitmore se acercó al grupo con una expresión de gratitud y alivio. "Gracias por todo lo que han hecho. La verdad ha sido revelada y el legado de mi familia ha sido restaurado. Estoy en deuda con ustedes por su dedicación y esfuerzo."

Lisa sonrió y asintió. "Hemos enfrentado el pasado y restaurado el equilibrio. Ahora es momento de seguir adelante y construir un futuro nuevo."

Con la última prueba completada y el legado de la familia Whitmore restaurado, Lisa, Daniel y Emily se prepararon para cerrar este capítulo de su investigación. La mansión, ahora en paz, ofrecía nuevas oportunidades para descubrir y explorar. El grupo estaba agradecido por haber superado el desafío y estaba listo para enfrentar el futuro con esperanza y determinación.

Capítulo 19

La mañana siguiente se presentó radiante y despejada, con el sol brillando sobre la mansión Whitmore y sus alrededores. El grupo, aunque exhausto por los días intensos de investigación y rituales, estaba lleno de una nueva sensación de alivio y esperanza. Habían logrado enfrentar y deshacer el pacto oscuro que había atormentado a la familia Whitmore durante generaciones, y el legado de la familia había sido restaurado. Ahora, el desafío era enfrentarse a un futuro lleno de posibilidades y reconstruir sus vidas después de esta experiencia.

Lisa, Daniel, Emily y el Dr. Whitmore se encontraban en el salón principal de la mansión, que había sido restaurado a su antigua gloria. El ambiente estaba cargado de un aire renovado, y el grupo se sentía aliviado y esperanzado mientras conversaban sobre los próximos pasos a seguir.

Lisa, con una expresión de satisfacción en su rostro, miraba alrededor del salón. "Parece increíble cómo la mansión ha cambiado. El aire es mucho más ligero y la atmósfera se siente completamente diferente."

Daniel asintió, observando el lugar con interés. "Sí, la restauración ha sido un éxito. Pero ahora es momento de pensar en cómo avanzar y utilizar lo que hemos aprendido."

Emily, que había estado revisando algunos de los documentos encontrados en la mansión, se acercó al grupo con una propuesta. "He estado pensando en la posibilidad de documentar todo lo que hemos descubierto. La historia de la familia Whitmore y el pacto oscuro es fascinante y valdría la pena compartirla."

El Dr. Whitmore, quien había estado en silencio durante gran parte de la conversación, intervino con una mirada reflexiva. "Eso podría ser una excelente idea. La verdad debe ser conocida y entendida para que el pasado no se repita. Además, documentar la historia podría ayudar a educar a otros sobre los peligros de los pactos oscuros y las prácticas esotéricas."

Lisa estuvo de acuerdo con la propuesta. "Documentar todo lo que hemos aprendido podría servir como una advertencia y una guía para futuras generaciones. También podría ayudar a sanar y restaurar la imagen de la familia Whitmore."

El grupo decidió trabajar juntos para recopilar toda la información y los documentos relevantes, creando un archivo exhaustivo sobre el pacto oscuro y su impacto en la familia Whitmore. El Dr. Whitmore proporcionaría detalles adicionales sobre la historia de la familia, mientras que Lisa, Daniel y Emily se encargarían de organizar y presentar la información de manera accesible.

Mientras el grupo trabajaba en la documentación, también comenzaron a considerar el futuro de la mansión. Con el pacto oscuro deshecho y la energía negativa disipándose, la mansión estaba en condiciones de ser restaurada y utilizada de manera positiva. Lisa sugirió que podrían convertir la mansión en un centro de investigación y educación sobre historia esotérica y prácticas antiguas.

La idea de transformar la mansión en un lugar de conocimiento y aprendizaje resonó con todos. "La mansión ha sido un lugar de oscuridad y misterio durante tanto tiempo. Convertirla en un centro educativo podría ser una forma de darle un nuevo propósito y asegurar que la historia y los conocimientos que hemos descubierto no se pierdan," comentó Lisa.

Daniel y Emily se mostraron entusiasmados con la idea. "Podríamos organizar eventos y charlas sobre historia esotérica, rituales antiguos y la verdad detrás de los pactos oscuros. También podríamos ofrecer talleres y clases para aquellos interesados en aprender más sobre estos temas," sugirió Daniel.

El Dr. Whitmore, aunque inicialmente reticente, se dio cuenta de que la propuesta ofrecía una forma positiva de utilizar la mansión y el legado de su familia. "Estoy dispuesto a apoyar esta idea. La mansión puede ser un lugar de aprendizaje y crecimiento en lugar de un símbolo de oscuridad. Estoy comprometido a ayudar en lo que pueda."

Con el apoyo del Dr. Whitmore, el grupo comenzó a planificar la transformación de la mansión en un centro de investigación y educación. Se organizaron reuniones y se establecieron contactos con expertos en historia esotérica y prácticas antiguas para colaborar en el proyecto.

Durante las siguientes semanas, el grupo trabajó arduamente en la restauración de la mansión y la creación del centro educativo. Lisa y Daniel se encargaron de la organización y planificación de los eventos y talleres, mientras que Emily se centró en la documentación y la recopilación de la información histórica.

El Dr. Whitmore también participó activamente en el proyecto, proporcionando detalles sobre la historia de la familia y ayudando a asegurar que la mansión se convirtiera en un lugar de conocimiento y aprendizaje. A medida que el centro educativo comenzaba a tomar forma, el grupo se sintió más esperanzado y motivado para continuar con su misión.

Finalmente, la mansión Whitmore fue inaugurada como un centro de investigación y educación sobre historia esotérica y prácticas antiguas. La apertura del centro fue un evento significativo que atrajo a expertos, investigadores y entusiastas de todo el mundo. La mansión, una vez un lugar de oscuridad y misterio, se había transformado en un faro de conocimiento y comprensión.

Lisa, Daniel y Emily se sintieron orgullosos de lo que habían logrado. La restauración de la mansión y la creación del centro educativo representaban un nuevo comienzo y una oportunidad para compartir el conocimiento y las lecciones aprendidas con el mundo.

El Dr. Whitmore, satisfecho con el resultado, agradeció al grupo por su dedicación y esfuerzo. "Han hecho un trabajo increíble. La mansión ahora tiene un propósito positivo y el legado de mi familia ha sido restaurado de manera significativa."

Lisa sonrió y asintió. "Fue un largo camino, pero valió la pena. Ahora, tenemos la oportunidad de hacer una diferencia y garantizar que la historia y los conocimientos que hemos descubierto sean valorados y comprendidos."

Con el centro educativo en funcionamiento y el legado de la familia Whitmore restaurado, el grupo se preparó para enfrentar el futuro con optimismo. La mansión, ahora un símbolo de conocimiento y aprendizaje, ofrecía nuevas oportunidades para explorar y descubrir. Lisa, Daniel y Emily estaban listos para seguir adelante y enfrentar cualquier nuevo desafío que pudiera surgir.

Capítulo 20

El centro de investigación y educación sobre historia esotérica y prácticas antiguas en la mansión Whitmore había comenzado a atraer la atención de expertos y entusiastas de todo el mundo. Lisa, Daniel y Emily estaban inmersos en su trabajo, ayudando a organizar eventos, talleres y charlas que cubrían una amplia gama de temas relacionados con la historia esotérica. El Dr. Whitmore también estaba involucrado, ofreciendo su conocimiento sobre la historia de su familia y contribuyendo a las actividades del centro.

Un día, mientras revisaban los documentos antiguos para una presentación próxima, Lisa encontró un viejo diario escondido entre los archivos. El diario estaba cubierto de polvo y parecía haber estado allí durante muchos años. Al abrirlo, descubrió que estaba escrito por un antepasado de la familia Whitmore que había estado profundamente involucrado en la creación del pacto oscuro. El diario contenía entradas detalladas sobre los rituales, las decisiones tomadas y las motivaciones detrás del pacto.

Lisa decidió que el diario debía ser examinado con cuidado. Llamó a Daniel y Emily para compartir su hallazgo y discutir el próximo paso. Daniel se unió a Lisa en la biblioteca del centro, donde Emily estaba organizando los documentos para la próxima exposición.

"Encontré este diario en los archivos. Parece ser de alguien que estaba en el corazón del pacto oscuro," dijo Lisa mientras colocaba el diario sobre la mesa.

Emily levantó la vista de su trabajo y se acercó. "¿Qué contiene el diario?"

Lisa comenzó a leer en voz alta las primeras entradas. El diario hablaba sobre la creación del pacto, las promesas hechas y los sacrificios realizados para obtener poder y control. A medida que leía, se hizo evidente que el pacto había sido más complejo y oscuro de lo que habían imaginado.

"Este diario proporciona detalles sobre un aspecto del pacto que no habíamos visto antes," comentó Lisa. "Habla de una cláusula secreta que fue añadida al pacto y que no se mencionó en ningún otro documento."

Daniel frunció el ceño mientras escuchaba. "¿Qué cláusula secreta?"

Lisa continuó leyendo. La cláusula mencionaba un "resorte oculto" que podía activar una última fase del pacto si ciertas condiciones no se cumplían. Según el diario, esta fase final era un mecanismo de control que podía ser liberado en caso de que los intentos de romper el pacto fracasaran o fueran insuficientes.

"La cláusula secreta parece ser una medida de último recurso para asegurar que el pacto nunca sea completamente deshecho," explicó Lisa. "Si el pacto no es tratado con cuidado, esta fase final podría activarse y causar caos y destrucción."

Emily miró a Lisa con preocupación. "Eso suena peligroso. Si esta cláusula se activa, podríamos enfrentar problemas aún mayores."

El grupo decidió investigar más a fondo para determinar si la cláusula secreta había sido activada o si existía algún riesgo asociado. Reunieron todos los documentos relevantes y comenzaron a buscar cualquier indicio de que el mecanismo de control pudiera haber sido liberado.

Mientras revisaban los documentos, Daniel descubrió una serie de símbolos en los archivos que parecían estar relacionados con la cláusula secreta. Los símbolos eran complejos y estaban relacionados con rituales de alta magia y control. Aparentemente, el pacto tenía un sistema de defensa incorporado para protegerse de ser completamente deshecho.

Lisa, Daniel y Emily se prepararon para realizar un último examen en la mansión para asegurarse de que no hubiera ninguna activación de la cláusula secreta. Se dirigieron a las áreas más antiguas y oscuras de la mansión, buscando signos de actividad inusual o energía residual.

Mientras investigaban, el grupo notó cambios sutiles en la atmósfera de la mansión. Algunas áreas parecían haber sido afectadas por una presencia oscura, y la energía en el lugar se volvía cada vez más densa. Lisa sintió un escalofrío recorrer su espalda al percibir la presencia de una energía que no había estado allí antes.

El grupo se dirigió al salón subterráneo, el lugar donde habían realizado el ritual final. Al llegar, encontraron que la atmósfera en el salón era especialmente tensa. El aire estaba cargado y el altar parecía vibrar con una energía inquietante.

Lisa comenzó a examinar el altar y los objetos esotéricos que habían utilizado en el ritual final. Al inspeccionar los símbolos y las esferas de cristal, notó que algunos de los símbolos habían cambiado y parecían estar resonando con una energía oscura.

"Parece que el mecanismo de control puede haber sido activado," dijo Lisa con preocupación. "Necesitamos actuar rápidamente para neutralizar cualquier efecto residual."

Daniel y Emily ayudaron a Lisa a preparar un nuevo ritual para contrarrestar la cláusula secreta. Utilizaron los documentos encontrados en el diario y los símbolos esotéricos para crear un ritual de protección y restauración. El objetivo era asegurar que el pacto oscuro y la cláusula secreta no causaran más daño.

El grupo comenzó el ritual, recitando las palabras de poder y utilizando los objetos esotéricos para canalizar la energía. A medida que avanzaban, la atmósfera en el salón comenzó a cambiar. La energía oscura parecía disiparse lentamente y el ambiente se volvía más tranquilo.

Finalmente, el ritual llegó a su conclusión y el grupo sintió una sensación de alivio. La atmósfera en el salón subterráneo se había calmado y la energía oscura había desaparecido. Lisa, Daniel y Emily estaban agotados pero satisfechos de haber manejado la situación.

El Dr. Whitmore, que había estado esperando afuera, se acercó al grupo con una expresión preocupada pero esperanzada. "¿Todo está bien?"

Lisa asintió, sonriendo con alivio. "Sí, hemos neutralizado la cláusula secreta y asegurado que el pacto oscuro no cause más problemas. Ahora podemos estar seguros de que el legado de la familia Whitmore ha sido completamente restaurado."

El Dr. Whitmore respiró hondo, agradecido por el esfuerzo del grupo. "Estoy en deuda con ustedes. Han enfrentado desafíos significativos y han asegurado un futuro positivo para la mansión y para la historia de mi familia."

Con la situación finalmente resuelta, el grupo se sintió aliviado y optimista sobre el futuro. La mansión Whitmore, ahora libre de influencias oscuras y con un propósito renovado, ofrecía un nuevo horizonte para explorar y descubrir. El centro educativo continuaría con su misión de compartir el conocimiento y las lecciones aprendidas, y el legado de la familia Whitmore sería recordado de una manera positiva y constructiva.

Lisa, Daniel y Emily se prepararon para seguir adelante con sus vidas, agradecidos por la oportunidad de haber enfrentado y superado el desafío del pacto oscuro. Con el futuro lleno de posibilidades y esperanza, estaban listos para enfrentar cualquier nuevo desafío que pudiera surgir y continuar con su misión de promover el conocimiento y la comprensión.

Capítulo 21

La mansión Whitmore continuaba funcionando como un vibrante centro de investigación y educación. Su transformación de un lugar de oscuridad y misterio a un faro de conocimiento y comprensión había sido un éxito, y el impacto positivo en la comunidad había sido significativo. Lisa, Daniel y Emily estaban satisfechos con los resultados, pero una nueva serie de eventos comenzó a desarrollar una capa adicional de intriga y desafío.

Una mañana, Lisa recibió un paquete sin remitente en su oficina en el centro. El paquete era pequeño, envuelto en papel marrón sin ninguna etiqueta, y contenía un solo objeto: una llave antigua con un diseño intrincado. Junto a la llave había una nota escrita a mano que decía: "Para desbloquear lo que aún queda oculto."

Lisa, intrigada, mostró la llave y la nota a Daniel y Emily. "No tengo idea de quién ha enviado esto ni qué puede abrir, pero el mensaje sugiere que hay algo más que necesitamos descubrir."

"Parece que hay más secretos ocultos en la mansión," comentó Emily, mirando la llave con interés. "Quizás haya una parte de la mansión que no hemos explorado completamente."

Decidieron investigar para determinar qué podía desbloquear la llave. La mansión era extensa y llena de rincones secretos, y ya habían encontrado varios espacios ocultos durante su investigación. Con la clave en mano, comenzaron a revisar los planos y archivos antiguos en busca de posibles lugares que la llave pudiera abrir.

Después de unas horas de búsqueda, Daniel encontró una referencia a un pequeño despacho oculto en un rincón del sótano, descrito en uno de los documentos antiguos como un lugar que había sido sellado por precaución. La descripción coincidía con el diseño de la llave.

El grupo se dirigió al sótano para explorar el despacho oculto. Al llegar, encontraron una puerta oculta tras un panel de madera. Lisa insertó la llave en la cerradura y la giró lentamente. Con un clic, la puerta se abrió, revelando una habitación pequeña y polvorienta.

Dentro del despacho, encontraron una serie de documentos y objetos antiguos. Había estantes llenos de libros, cajas de madera y un viejo escritorio cubierto de polvo. Lisa y el grupo comenzaron a examinar el contenido del despacho, buscando pistas sobre su propósito y cualquier conexión con el pacto oscuro.

Entre los objetos, encontraron un libro encuadernado en cuero con el título "Los Ecos del Pasado". El libro parecía ser una crónica de eventos históricos y rituales asociados con la familia Whitmore, que no se había documentado en los archivos previos. Al abrir el libro, descubrieron que contenía detalles sobre rituales adicionales y aspectos del pacto oscuro que nunca antes habían sido revelados.

Lisa comenzó a leer en voz alta los pasajes del libro. "Parece que este libro detalla rituales que fueron realizados para mantener el pacto bajo control y asegurar que no se activara la cláusula secreta. También menciona a un grupo secreto dentro de la familia Whitmore que supervisaba y mantenía el pacto."

El libro incluía detalles sobre una red secreta de seguidores y protectores del pacto, que habían trabajado en las sombras para asegurar que el pacto no se rompiera. Los seguidores eran conocidos como "Los Custodios del Legado" y tenían un papel crucial en la protección y el mantenimiento del pacto.

"Esto cambia todo lo que pensábamos que sabíamos," dijo Daniel, mientras leía un pasaje sobre los Custodios del Legado. "Parece que había una estructura organizada para mantener el pacto y sus secretos, incluso después de que se intentara deshacerlo."

Emily revisó los documentos adicionales en el despacho y encontró una serie de cartas y notas que detallaban las actividades de los Custodios del Legado. Las cartas incluían instrucciones sobre cómo asegurar que el pacto permaneciera bajo control y cómo manejar cualquier amenaza potencial.

"Estos documentos sugieren que los Custodios del Legado estaban preparados para enfrentar cualquier intento de romper el pacto," comentó Emily. "Podría ser que aún haya seguidores activos de este grupo que intenten proteger el pacto o que busquen recuperar su poder."

El grupo decidió que debían investigar más a fondo para comprender la influencia actual de los Custodios del Legado y cómo podrían estar involucrados en la situación actual. La revelación de este grupo secreto introducía una nueva capa de complejidad en su investigación y planteaba nuevas preguntas sobre los objetivos y las motivaciones de los Custodios.

Lisa, Daniel y Emily comenzaron a buscar pistas sobre la existencia actual de los Custodios del Legado. Revisaron los documentos antiguos y buscaron contactos en la comunidad esotérica que pudieran tener información sobre el grupo. También consideraron la posibilidad de que algunos de los seguidores del pacto oscuro aún pudieran estar activos y buscando recuperar el poder perdido.

Mientras continuaban con su investigación, el grupo comenzó a recibir señales inquietantes. Se dieron cuenta de que había intentos de sabotaje en el centro educativo, con documentos y archivos manipulados y objetos esotéricos desapareciendo misteriosamente. La situación parecía indicar que alguien estaba tratando de interferir en su trabajo y mantener ocultos los secretos que estaban descubriendo.

El Dr. Whitmore, al enterarse de los problemas, se mostró preocupado pero decidido a ayudar. "Es evidente que estamos tocando un tema delicado. Los Custodios del Legado podrían estar intentando proteger sus secretos y su influencia. Necesitamos ser cuidadosos y seguir adelante con precaución."

Lisa asintió. "Debemos descubrir quiénes son los Custodios del Legado y qué quieren antes de que cause más problemas. Esto podría ser más complicado de lo que pensábamos."

Con una nueva misión en mente, el grupo continuó su investigación, enfrentando desafíos y obstáculos mientras desentrañaban los secretos ocultos de la familia Whitmore. El despacho oculto y el libro "Los Ecos del Pasado" habían abierto una nueva ventana al pasado oscuro de la familia, y Lisa, Daniel y Emily estaban decididos a desentrañar la verdad y asegurar que el legado de la familia Whitmore fuera preservado de manera justa y completa.

Capítulo 22

La revelación de los Custodios del Legado y el descubrimiento del despacho oculto en la mansión Whitmore habían intensificado la investigación del grupo. Lisa, Daniel y Emily estaban más decididos que nunca a descubrir la verdad detrás del grupo secreto que había supervisado el pacto oscuro y sus rituales. El sabotaje en el centro educativo también aumentaba la urgencia de su misión.

La noche cayó sobre la mansión, y el grupo se reunió en la biblioteca para planificar su próximo paso. Lisa y Daniel estaban revisando los documentos encontrados en el despacho oculto, mientras que Emily investigaba posibles conexiones con otros grupos esotéricos.

"Debemos encontrar a los Custodios del Legado antes de que ellos encuentren una manera de sabotear nuestro trabajo más," dijo Lisa, con determinación. "Los documentos sugieren que han estado operando en las sombras durante mucho tiempo, y podrían estar buscando recuperar el control del pacto."

Daniel asintió. "La clave está en los documentos y las cartas que encontramos. Tal vez hay nombres, lugares o rituales específicos que podamos rastrear para encontrar a estos Custodios."

Emily levantó la vista de su investigación. "He encontrado algunas referencias en textos esotéricos a grupos secretos y sociedades ocultas que podrían estar relacionados con los Custodios del Legado. Podría ser útil investigar estos grupos para ver si tienen alguna conexión con la familia Whitmore."

El grupo decidió que su próximo paso sería explorar estas conexiones y tratar de identificar a posibles miembros actuales de los Custodios del Legado. Sabían que tenían que proceder con cautela, ya que el riesgo de enfrentarse a un grupo secreto con intenciones oscuras era alto.

Al día siguiente, Lisa, Daniel y Emily se dirigieron a una librería especializada en textos esotéricos y ocultismo. La librería, llamada "El Rincón del Arcano", era conocida por su colección única de libros raros y documentos antiguos relacionados con prácticas esotéricas. Su propietario, el Sr. Jonathan Blackwood, era un experto en el campo y podría tener información valiosa.

El Sr. Blackwood, un hombre de mediana edad con una apariencia enigmática, los recibió en la tienda. "Bienvenidos. ¿En qué puedo ayudarles hoy?"

Lisa explicó brevemente su situación y mencionó su interés en los grupos secretos y sociedades ocultas. "Estamos buscando información sobre un grupo llamado los Custodios del Legado. Creemos que podrían estar relacionados con la familia Whitmore y el pacto oscuro."

El Sr. Blackwood frunció el ceño y asintió lentamente. "He oído rumores sobre un grupo con ese nombre. Los Custodios del Legado eran conocidos por mantener el equilibrio de ciertos rituales y secretos oscuros. Aunque no tengo mucho en mis archivos, puedo buscar en mis registros y ver si encuentro algo relevante."

Mientras el Sr. Blackwood revisaba los archivos, el grupo exploró la librería en busca de pistas. Emily encontró un libro titulado "Sociedades Secretas y Magia Oculta", que contenía información sobre grupos similares a los Custodios del Legado. El libro mencionaba una red de sociedades secretas que habían influido en la historia esotérica y cómo mantenían su anonimato.

Daniel se unió a Emily con un libro titulado "El Poder de los Ritos Perdidos". Este libro contenía detalles sobre rituales antiguos y la forma en que los grupos secretos podían operar para preservar sus secretos y poder. Algunos de los rituales descritos parecían coincidir con los detalles que habían encontrado en el despacho oculto.

El Sr. Blackwood regresó con una carpeta de documentos antiguos. "He encontrado algunas referencias a los Custodios del Legado en mis registros. Parece que eran conocidos por su habilidad para mantener secretos y proteger rituales oscuros. Aquí hay algunas menciones de sus actividades y contactos."

Lisa y Daniel revisaron los documentos, que contenían referencias a lugares de encuentro secretos, nombres de contactos y símbolos asociados con los Custodios del Legado. Algunos de los nombres en los documentos eran familiares, ya que aparecían en las cartas encontradas en el despacho oculto.

"Estos documentos parecen confirmar que los Custodios del Legado aún podrían estar activos," comentó Daniel, mientras revisaba una lista de nombres y ubicaciones. "Algunos de estos contactos podrían estar involucrados en el sabotaje que hemos experimentado."

Lisa asintió. "Necesitamos seguir investigando estos contactos y ver si podemos encontrar algún vínculo con los recientes incidentes en el centro educativo. También debemos estar preparados para cualquier confrontación que pueda surgir."

El grupo agradeció al Sr. Blackwood por su ayuda y salió de la librería con la nueva información. Decidieron dividirse para investigar los contactos mencionados en los documentos y buscar cualquier evidencia de la actividad de los Custodios del Legado.

Lisa y Daniel se dirigieron a una de las ubicaciones mencionadas en los documentos, un antiguo edificio en las afueras de la ciudad que parecía haber sido utilizado como un lugar de reunión secreta. Emily se quedó en la mansión para seguir investigando y tratar de identificar a los posibles seguidores del grupo.

El edificio al que Lisa y Daniel llegaron estaba en un estado de deterioro y parecía haber sido abandonado durante mucho tiempo. Sin embargo, los documentos indicaban que el lugar aún podría tener conexiones con los Custodios del Legado.

Mientras exploraban el edificio, encontraron varios símbolos esotéricos grabados en las paredes y algunos objetos antiguos que parecían estar relacionados con rituales. También encontraron una serie de documentos que confirmaban que el lugar había sido utilizado para reuniones secretas.

"Esto parece ser un antiguo lugar de encuentro para los Custodios del Legado," dijo Lisa, mientras revisaba los documentos encontrados. "Podría ser que aún usen este lugar para sus actividades."

Daniel encontró una entrada oculta en una de las paredes, que llevaba a un sótano subterráneo. Al descender, descubrieron un espacio oculto lleno de más documentos, objetos esotéricos y símbolos relacionados con el pacto oscuro.

"Este lugar confirma que los Custodios del Legado han estado operando en las sombras," comentó Daniel. "Tenemos que asegurarnos de que esta red de secretos no interfiera más en nuestro trabajo."

Mientras tanto, Emily continuó investigando en la mansión y encontró más pistas sobre los posibles seguidores del grupo. Descubrió que algunas personas en la comunidad esotérica habían mostrado interés en los eventos recientes y podrían estar conectadas con los Custodios del Legado.

El grupo se reunió nuevamente para analizar sus hallazgos. La información recopilada confirmaba que los Custodios del Legado aún estaban activos y que podrían estar intentando recuperar el poder perdido. Lisa, Daniel y Emily estaban decididos a seguir adelante con su misión y asegurar que el legado de la familia Whitmore permaneciera protegido.

Con la red secreta de los Custodios del Legado descubierta y los lugares de encuentro identificados, el grupo se preparó para enfrentar los desafíos que les esperaban. Sabían que tendrían que enfrentarse a un grupo que había operado en las sombras durante mucho tiempo, y estaban listos para descubrir la verdad y proteger el futuro de la mansión Whitmore.

Capítulo 23

La investigación de Lisa, Daniel y Emily sobre los Custodios del Legado estaba tomando una nueva dirección. La red secreta había comenzado a desmoronarse, revelando más información sobre los seguidores y los lugares de encuentro. El grupo sabía que tenían que actuar con cautela, pero también con rapidez, para evitar cualquier daño adicional y proteger el legado de la familia Whitmore.

Después de descubrir el antiguo lugar de reunión de los Custodios del Legado y las pistas sobre sus actividades actuales, Lisa decidió que era hora de hacer un movimiento decisivo. Se reunió con Daniel y Emily en la biblioteca para discutir el siguiente paso.

"Tenemos suficiente información para comenzar a hacer preguntas difíciles," dijo Lisa, mientras revisaba los documentos que habían encontrado en el sótano del antiguo edificio. "Sabemos que los Custodios del Legado están activos y que podrían estar involucrados en el sabotaje en el centro educativo. Debemos enfrentarlos directamente para evitar que interfieran más."

Daniel asintió. "Podríamos intentar rastrear a algunos de los contactos mencionados en los documentos. Es posible que podamos descubrir sus planes y detener cualquier actividad dañina antes de que sea demasiado tarde."

Emily estaba de acuerdo. "También podemos usar la información que encontramos para fortalecer la seguridad en la mansión y el centro educativo. Necesitamos estar preparados para cualquier confrontación."

El grupo decidió dividirse para abordar varios frentes: Lisa y Daniel se encargarían de rastrear a los contactos y posibles miembros de los Custodios del Legado, mientras que Emily se centraría en reforzar la seguridad en la mansión y el centro educativo.

Lisa y Daniel comenzaron su investigación en la ciudad, visitando las ubicaciones mencionadas en los documentos antiguos. Una de las direcciones que encontraron los llevó a un edificio de oficinas en una zona industrial de la ciudad. El lugar parecía ser una fachada para actividades más oscuras.

Al entrar en el edificio, Lisa y Daniel encontraron una recepción desierta y un pasillo que conducía a varias oficinas. Decidieron explorar las oficinas en busca de pistas. Mientras revisaban los archivos y documentos, encontraron una serie de comunicaciones que confirmaban la presencia de miembros activos de los Custodios del Legado.

"Estos documentos muestran que hay reuniones programadas en una ubicación específica," comentó Daniel, señalando un calendario con fechas y direcciones anotadas. "Podría ser nuestra oportunidad para confrontar a los Custodios y descubrir sus planes."

Con la información en mano, Lisa y Daniel se dirigieron a la ubicación de la próxima reunión, que estaba en un almacén apartado en las afueras de la ciudad. El lugar parecía estar en una zona industrial, rodeado de edificios desiertos y oscuros.

Al llegar al almacén, el grupo se preparó para lo que podría ser una confrontación. La entrada principal estaba cerrada con una cerradura, pero Daniel encontró una entrada secundaria que parecía ser una forma de acceder al interior sin ser detectado.

"Debemos ser cautelosos," susurró Lisa, mientras abría la entrada secundaria. "No sabemos cuántos Custodios del Legado podrían estar aquí."

El grupo entró en el almacén y se movió silenciosamente entre las sombras. El lugar estaba lleno de cajas y materiales de construcción, lo que proporcionaba una buena cobertura. Lisa y Daniel se dirigieron hacia un área donde se escuchaban murmullos y pasos.

Al acercarse, vieron a un grupo de personas reunidas en una sala trasera, discutiendo en voz baja. El grupo parecía estar formado por varias figuras enmascaradas y encapuchadas, y en el centro había una mesa con documentos y objetos esotéricos.

Lisa y Daniel se escondieron detrás de unas cajas y escucharon la conversación. Uno de los miembros del grupo, un hombre con una voz grave y autoritaria, estaba hablando sobre un próximo ritual que planeaban realizar para fortalecer el pacto oscuro y recuperar el control perdido.

"Este ritual es nuestra última oportunidad de restablecer el poder del pacto," decía el hombre. "Debemos asegurarnos de que el centro educativo y la mansión Whitmore no interfieran con nuestros planes. Si no logramos completar el ritual, perderemos nuestra influencia para siempre."

Lisa y Daniel se dieron cuenta de que el grupo estaba planeando realizar un ritual crucial que podría tener graves consecuencias. Sabían que debían actuar rápidamente para evitar que el ritual se llevara a cabo.

Mientras preparaban su intervención, Emily en la mansión también estaba trabajando para reforzar la seguridad. Había instalado cámaras de seguridad adicionales y había colocado barreras protectoras alrededor de áreas clave. Sin embargo, el sabotaje continuaba, con algunos equipos siendo manipulados y alterados sin explicación.

Emily estaba revisando las cámaras de seguridad cuando notó una figura sospechosa en una de las imágenes. La figura parecía estar intentando entrar en la mansión desde un punto no previsto. Emily decidió que debía investigar y se preparó para enfrentar cualquier amenaza que pudiera surgir.

De vuelta en el almacén, Lisa y Daniel se prepararon para confrontar a los Custodios del Legado. Se movieron con cuidado para acercarse al grupo sin ser detectados. Cuando estaban a punto de interrumpir la reunión, el grupo de Custodios comenzó a realizar el ritual, encendiendo velas y recitando palabras en un idioma antiguo.

"Ahora es el momento," susurró Lisa, mientras se preparaban para intervenir. "Debemos detener este ritual antes de que sea demasiado tarde."

Lisa y Daniel avanzaron hacia el grupo y, con un rápido movimiento, interrumpieron el ritual. La sala estalló en caos mientras los Custodios del Legado se volvían hacia ellos con sorpresa y enojo.

"¡Deténganse!" ordenó Lisa, mientras se acercaba a la mesa y recogía los documentos y objetos esotéricos. "El ritual está detenido. No permitiremos que continúen con sus planes."

Los Custodios del Legado intentaron resistir, pero Lisa y Daniel estaban preparados para enfrentarse a ellos. Se produjo una confrontación tensa en la que Lisa y Daniel tuvieron que luchar contra los miembros del grupo que intentaron detenerlos.

Mientras tanto, en la mansión, Emily logró interceptar a la figura sospechosa y descubrió que era uno de los seguidores de los Custodios del Legado que intentaba sabotear las nuevas medidas de seguridad. Emily logró detener al intruso y asegurar el área.

La confrontación en el almacén continuó, y Lisa y Daniel lucharon con determinación para asegurar que el ritual no se completara. Con la ayuda de algunos de los objetos esotéricos que habían encontrado, lograron neutralizar a los Custodios del Legado y desmantelar el ritual.

El grupo de Custodios del Legado fue capturado y entregado a las autoridades. Lisa, Daniel y Emily estaban agotados pero aliviados. Habían evitado un desastre potencial y habían desmantelado una parte importante de la red secreta.

Con los Custodios del Legado desactivados y la seguridad reforzada en la mansión y el centro educativo, el grupo se preparó para enfrentar el siguiente desafío. Sabían que aún había más secretos por descubrir y que el legado de la familia Whitmore debía ser protegido con vigilancia constante.

Capítulo 24

Después de la confrontación en el almacén y la captura de los Custodios del Legado, Lisa, Daniel y Emily se tomaron un breve respiro, pero el sentido de urgencia no había disminuido. A pesar de haber desmantelado una parte significativa de la red secreta, aún quedaban preguntas sin responder y una sensación de inquietud persistente en el aire.

La mansión Whitmore había recuperado su ambiente de calma, pero Lisa no podía sacudirse la sensación de que había algo más que debía descubrir. Durante la investigación y el enfrentamiento, varios documentos y objetos esotéricos habían sido recuperados, y uno de esos documentos parecía contener información crucial que aún no habían descifrado.

Esa mañana, Lisa, Daniel y Emily se reunieron en la biblioteca de la mansión para examinar los documentos restantes y planificar sus próximos pasos. La atmósfera en la sala era de concentración y determinación. Lisa extendió sobre la mesa un antiguo pergamino que había encontrado en el almacén.

"Este pergamino parece ser una especie de mapa o guía," dijo Lisa, señalando los intrincados símbolos y escritos en el documento. "No hemos tenido la oportunidad de analizarlo en detalle, pero creo que podría contener una pista final sobre el pacto oscuro o los Custodios del Legado."

Daniel miró el pergamino con atención. "Los símbolos parecen tener un patrón específico. Podría ser un mapa que lleva a algún lugar importante. Necesitamos descifrarlo para entender qué nos está indicando."

Emily, que había estado revisando los objetos esotéricos encontrados en el almacén, encontró un libro titulado "Los Secretos del Legado Oculto." El libro contenía descripciones de varios símbolos y rituales antiguos, y algunos de ellos coincidían con los que aparecían en el pergamino.

"Este libro podría ayudarnos a interpretar los símbolos en el pergamino," sugirió Emily. "Vamos a ver si encontramos alguna correspondencia."

Lisa, Daniel y Emily se sumergieron en el libro y en el pergamino, trabajando juntos para descifrar los símbolos y el texto. Después de varias horas de análisis, lograron identificar un conjunto de símbolos que representaban una serie de ubicaciones y objetos.

"El pergamino parece indicar una serie de ubicaciones clave que están relacionadas con el pacto oscuro y los Custodios del Legado," explicó Lisa. "Si seguimos estas pistas, podríamos descubrir el último enigma que nos ha estado eludiendo."

Las ubicaciones mencionadas en el pergamino incluían lugares tanto en la mansión como en la ciudad circundante. Lisa y Daniel decidieron investigar primero los lugares cercanos a la mansión, mientras que Emily se encargaría de rastrear las ubicaciones en la ciudad.

La primera ubicación era un jardín oculto en los terrenos de la mansión, un área que había sido descuidada y casi olvidada. Lisa y Daniel se dirigieron al jardín y comenzaron a explorar. Entre las plantas y el follaje denso, encontraron una serie de piedras y estatuas que parecían estar alineadas de acuerdo con el patrón del pergamino.

"Estas piedras parecen formar un patrón que coincide con el mapa del pergamino," dijo Daniel, mientras examinaba las piedras. "Hay una estatua en el centro que parece ser el punto focal."

Lisa se acercó a la estatua y descubrió una serie de inscripciones ocultas en la base. Usando el libro de símbolos, pudieron interpretar las inscripciones, que revelaban una serie de coordenadas y una advertencia sobre un ritual prohibido.

"Esto confirma que hay una conexión entre el jardín y el pacto oscuro," comentó Lisa. "Parece que el jardín ha sido usado para algún tipo de ritual o ceremonia secreta en el pasado."

La siguiente ubicación en el pergamino los llevó a una cueva en las afueras de la ciudad, un lugar que parecía estar relacionado con el ritual mencionado en el libro de símbolos. Lisa y Daniel se dirigieron a la cueva, llevando consigo equipo de exploración y linternas.

La cueva era oscura y húmeda, y parecía haber sido utilizada como un lugar de reunión o ceremonia. Dentro de la cueva, encontraron una serie de marcas en las paredes y un altar central con símbolos esotéricos. El altar parecía estar preparado para un ritual y tenía varios objetos antiguos dispuestos en él.

"Este lugar ha sido utilizado para rituales importantes," observó Daniel. "Debemos tener cuidado. Puede que aún queden elementos relacionados con el pacto oscuro."

Lisa examinó el altar y encontró una caja oculta debajo de una piedra. La caja estaba decorada con símbolos que coincidían con los del pergamino. Dentro de la caja, encontraron un conjunto de documentos y un amuleto antiguo.

"Estos documentos parecen ser registros de rituales y pactos realizados por los Custodios del Legado," dijo Lisa, mientras revisaba los papeles. "El amuleto parece ser un objeto de poder que podría estar relacionado con el pacto."

Mientras Lisa y Daniel investigaban la cueva, Emily estaba en la ciudad, explorando las ubicaciones restantes. Encontró una antigua librería oculta en un callejón que parecía estar relacionada con el pacto oscuro. La librería estaba llena de libros raros y documentos antiguos.

Emily encontró un libro titulado "Los Secretos del Pactum Obscura," que contenía información detallada sobre rituales y objetos esotéricos relacionados con el pacto. El libro mencionaba un ritual final que se llevaba a cabo para asegurar la permanencia del pacto y la lealtad de sus seguidores.

Regresando a la mansión, el grupo se reunió para analizar los hallazgos. Los documentos encontrados en la cueva y el libro descubierto por Emily parecían indicar que el pacto oscuro había sido diseñado para durar indefinidamente, con rituales periódicos para mantener su influencia.

"Esto parece ser el último enigma," dijo Lisa, mostrando los documentos y el amuleto. "El pacto oscuro está diseñado para ser eterno, con rituales para asegurar su perpetuidad. Debemos encontrar una manera de neutralizar estos rituales y asegurar que el pacto no vuelva a amenazar a la familia Whitmore."

El grupo se preparó para llevar a cabo un ritual final para desactivar el pacto oscuro y asegurar que no pudiera ser reactivado. Utilizarían la información y los objetos que habían recuperado para llevar a cabo el ritual de manera segura.

La noche se acercaba, y el grupo se dirigió a los lugares clave identificados en el pergamino para realizar el ritual. Con la ayuda del amuleto y los documentos, Lisa, Daniel y Emily llevaron a cabo el ritual final, asegurando que el pacto oscuro fuera neutralizado.

Al finalizar el ritual, el grupo sintió un alivio palpable. El pacto oscuro, que había causado tanto caos y misterio, había sido desactivado, y la familia Whitmore estaba finalmente libre de la influencia de los Custodios del Legado.

Con el pacto neutralizado y la red secreta desmantelada, Lisa, Daniel y Emily se sintieron satisfechos con el resultado de su investigación. La mansión Whitmore y el centro educativo estaban ahora protegidos, y el legado de la familia había sido asegurado para el futuro.

Capítulo 25

La calma parecía haber regresado a la mansión Whitmore después de la desactivación del pacto oscuro. Lisa, Daniel y Emily se sentían aliviados, pero sabían que el impacto de sus descubrimientos y las acciones realizadas aún resonarían en sus vidas. Aunque el peligro inmediato había sido neutralizado, el peso de lo que habían aprendido seguía presente.

La primera luz del día se filtraba a través de las ventanas de la mansión, y el grupo se reunió en la biblioteca para reflexionar sobre sus recientes descubrimientos. Emily había estado revisando los documentos encontrados en el último ritual, mientras que Lisa y Daniel estaban ocupados organizando la evidencia y asegurando que todos los objetos esotéricos fueran guardados de manera segura.

"Ahora que hemos desactivado el pacto, debemos considerar cómo proceder," dijo Lisa, mientras examinaba una copia de los documentos. "No podemos permitir que la historia se repita. Debemos asegurarnos de que estos secretos no caigan en las manos equivocadas."

Daniel asintió, revisando el amuleto antiguo. "La información que encontramos en los documentos y el libro sobre el pacto oscuro es importante. Debemos considerar la posibilidad de compartir esta información con las autoridades o con expertos en el campo para garantizar que se mantenga bajo control."

Emily, que había estado en contacto con algunos académicos y expertos en esoterismo, intervino. "He estado hablando con un par de historiadores que están interesados en el legado esotérico de la familia Whitmore. Podría ser útil compartir la información con ellos para que puedan ayudar a preservar el conocimiento de manera adecuada."

Mientras discutían estos temas, Emily recibió una llamada telefónica. Era el Sr. Jonathan Blackwood, el propietario de la librería "El Rincón del Arcano."

"Lisa, Daniel, Emily, debo hablar con ustedes urgentemente," dijo Blackwood, con un tono grave. "He recibido información que podría cambiar la forma en que entendemos el pacto oscuro y los Custodios del Legado. Los documentos que encontré en mi librería parecen tener una conexión más profunda con el pasado de la familia Whitmore."

Lisa y Daniel se miraron con curiosidad. "¿Qué tipo de información?" preguntó Lisa.

"Es algo que no puedo explicar por teléfono," respondió Blackwood. "Necesito que vengan a la librería para mostrarles lo que he encontrado. Es crucial para completar nuestra investigación."

El grupo se dirigió a la librería "El Rincón del Arcano," donde se encontraron con Blackwood. El propietario de la librería los recibió con una expresión de preocupación y les condujo a una sala privada en el fondo de la tienda.

"En mis registros antiguos, he encontrado un conjunto de documentos que parecen estar vinculados a un evento histórico importante en la familia Whitmore," explicó Blackwood. "Estos documentos indican que el pacto oscuro no fue una creación aislada, sino parte de un legado mucho más amplio y complejo."

Blackwood mostró a Lisa, Daniel y Emily una serie de pergaminos antiguos y cartas, algunos de los cuales estaban escritos en un lenguaje antiguo. "Estos documentos parecen ser registros de rituales y pactos realizados por la familia Whitmore a lo largo de los siglos. Hay referencias a eventos históricos y figuras prominentes que podrían haber influido en el desarrollo del pacto."

Lisa examinó los documentos con atención. "Estos registros parecen ser una cronología detallada de la influencia de la familia Whitmore y su conexión con el pacto oscuro. ¿Qué implicaciones podrían tener estos hallazgos?"

"Parece que el pacto oscuro y los Custodios del Legado han estado presentes en la historia de la familia Whitmore durante generaciones," explicó Blackwood. "Estos documentos indican que la familia ha sido parte de una red más amplia de sociedades secretas y rituales oscuros. El pacto oscuro no fue solo un evento aislado, sino parte de un patrón continuo."

Daniel revisó uno de los pergaminos y notó una serie de nombres y fechas que parecían coincidir con eventos históricos importantes. "Estos documentos parecen estar conectados con figuras históricas influyentes y eventos clave. Esto podría implicar que el pacto oscuro ha tenido un impacto significativo en la historia."

Blackwood asintió. "Exactamente. Y lo más inquietante es que hay indicios de que el pacto podría no haber sido completamente desactivado. Hay menciones de rituales periódicos para mantener la influencia del pacto, lo que sugiere que podría haber más de lo que hemos visto hasta ahora."

Emily miró los documentos con preocupación. "Si el pacto no ha sido completamente desactivado, podríamos enfrentar más problemas en el futuro. Necesitamos investigar más a fondo y asegurarnos de que el legado de la familia Whitmore no vuelva a ser una amenaza."

El grupo decidió que su siguiente paso sería investigar las conexiones históricas y los eventos mencionados en los documentos. Blackwood se ofreció a ayudar, ya que tenía acceso a registros y archivos históricos que podrían proporcionar más información sobre el impacto de la familia Whitmore y el pacto oscuro.

Mientras trabajaban juntos para descifrar los documentos y rastrear los eventos históricos, el grupo se dio cuenta de que su investigación estaba desenterrando más secretos de lo que esperaban. Los registros históricos revelaban una historia fascinante pero inquietante de la familia Whitmore y su influencia en el pasado.

Lisa, Daniel y Emily se sumergieron en la investigación, explorando archivos antiguos y consultando con expertos históricos. Descubrieron que la familia Whitmore había estado involucrada en una serie de eventos oscuros y rituales a lo largo de los siglos, muchos de los cuales estaban relacionados con la preservación del pacto oscuro.

Mientras tanto, el legado de la familia Whitmore continuaba siendo una fuente de misterio y fascinación. Los hallazgos del grupo proporcionaban una nueva perspectiva sobre la historia de la familia y sus conexiones con sociedades secretas y rituales esotéricos.

El grupo estaba decidido a completar su investigación y asegurar que el pacto oscuro y los secretos asociados fueran completamente desactivados. Sabían que aún quedaban más enigmas por resolver y que el impacto de su trabajo seguiría resonando en el futuro.

La investigación continuó, y el grupo trabajó incansablemente para descubrir la verdad detrás del legado oscuro de la familia Whitmore. Aunque el camino por delante era incierto, estaban decididos a proteger el futuro y garantizar que el legado de la familia fuera comprendido y tratado con el respeto que merecía.

Capítulo 26

El grupo estaba cada vez más inmerso en la compleja red de secretos y misterios que rodeaban el legado oscuro de la familia Whitmore. Después de los descubrimientos recientes en la librería de Jonathan Blackwood, se había abierto una nueva dimensión en su investigación. Los documentos históricos y los registros antiguos revelaban que el pacto oscuro había sido parte de un entramado más amplio de sociedades secretas y rituales esotéricos a lo largo de la historia.

Lisa, Daniel y Emily se habían comprometido a descifrar todos los secretos, decididos a asegurar que el legado de la familia Whitmore no representara una amenaza en el futuro. El siguiente paso en su investigación era descubrir el propósito real detrás de los rituales y el impacto que estos habían tenido en la historia.

A primera hora de la mañana, el grupo se reunió en la biblioteca de la mansión Whitmore. La atmósfera era de concentración y expectación mientras preparaban los documentos, pergaminos y libros para el análisis. Lisa había pasado la noche revisando los registros históricos que habían encontrado en la librería y había identificado patrones que podrían ser cruciales para entender el propósito del pacto oscuro.

"Lo que hemos encontrado hasta ahora sugiere que el pacto oscuro tiene conexiones profundas con eventos históricos significativos," comenzó Lisa, colocando un mapa histórico sobre la mesa. "Los documentos indican que la familia Whitmore ha estado involucrada en momentos clave de la historia, y estos rituales estaban destinados a preservar su influencia."

Daniel y Emily asintieron mientras revisaban el mapa y los documentos relacionados. Daniel señalaba varias ubicaciones históricas que coincidían con eventos mencionados en los documentos. "Estas ubicaciones están ligadas a figuras históricas prominentes y eventos que marcaron el curso de la historia. Parece que el pacto oscuro ha estado en juego en momentos cruciales."

Emily, que había estado revisando el libro "Los Secretos del Pactum Obscura," encontró un pasaje que hablaba de una ceremonia final para consolidar el poder del pacto. "Este libro menciona un ritual final que se realiza para asegurar la lealtad de los seguidores y la perpetuidad del pacto. Es posible que esto explique por qué el pacto ha persistido a lo largo del tiempo."

Lisa, leyendo detenidamente el pasaje, agregó: "El ritual final parece tener un componente simbólico muy poderoso. Podría estar relacionado con un objeto o un lugar específico que actúa como ancla para el pacto. Necesitamos identificar ese objeto o lugar."

El grupo decidió que su próxima tarea sería rastrear los objetos o lugares mencionados en los documentos históricos. Un lugar en particular había llamado su atención: una antigua mansión en las afueras de la ciudad que, según los documentos, había sido utilizada en el pasado para ceremonias relacionadas con el pacto oscuro.

La mansión, conocida como la Villa Ravenscroft, era un edificio imponente rodeado de jardines desmoronados y estructuras en ruinas. Aunque había sido abandonada durante décadas, aún mantenía un aura de misterio. Lisa, Daniel y Emily se dirigieron a la Villa Ravenscroft, con la esperanza de encontrar pistas que pudieran revelar la verdad detrás del pacto oscuro.

Al llegar a la mansión, el grupo notó que la estructura estaba en estado de deterioro, pero aún conservaba una majestuosidad inquietante. El ambiente era sombrío y silencioso, y la vegetación crecida alrededor de la mansión daba una sensación de abandono. Lisa utilizó una linterna para iluminar el camino mientras entraban por una puerta trasera que había sido forzada.

La mansión estaba llena de polvo y telarañas, pero Lisa, Daniel y Emily se movieron con cuidado para no alterar nada innecesariamente. Empezaron a explorar las habitaciones y los pasillos, buscando cualquier indicio que pudiera estar relacionado con el pacto oscuro.

En el ala oeste de la mansión, encontraron una sala oculta detrás de una pared falsa. Dentro de la sala, había una serie de objetos antiguos, incluyendo un altar de piedra y una serie de artefactos esotéricos. El altar estaba cubierto con símbolos y runas que coincidían con los del pergamino encontrado en el almacén.

"Esto es exactamente lo que estábamos buscando," dijo Lisa, mientras examinaba el altar y los objetos alrededor. "Parece que este lugar fue utilizado para realizar rituales importantes relacionados con el pacto oscuro."

Daniel encontró un cofre escondido debajo del altar. Dentro del cofre había varios documentos y un objeto en forma de medallón, adornado con los mismos símbolos que se encontraban en los registros históricos y el pergamino.

"Este medallón debe ser el objeto ancla mencionado en los documentos," dijo Daniel, mientras examinaba el medallón. "Podría ser la clave para entender el ritual final y el propósito del pacto oscuro."

Emily revisó los documentos encontrados en el cofre y encontró un manuscrito que describía un ritual de consolidación del poder, muy similar al que se mencionaba en el libro "Los Secretos del Pactum Obscura." El manuscrito detallaba los pasos para realizar el ritual final, que incluía la invocación de entidades oscuras y la creación de un vínculo duradero con el pacto.

"Este manuscrito confirma que el medallón y el altar son esenciales para el ritual final," explicó Emily. "El ritual se realiza para asegurar que el pacto perdure y que la influencia de los Custodios del Legado se mantenga."

Con esta nueva información, el grupo se dio cuenta de que tenían la oportunidad de desactivar por completo el pacto oscuro. El medallón y el altar eran claves para completar el ritual final de manera segura, y al hacerlo, podrían garantizar que el pacto no pudiera ser reactivado.

Lisa, Daniel y Emily se prepararon para llevar a cabo el ritual final en la Villa Ravenscroft, utilizando el medallón y los documentos para guiarse. La atmósfera en la mansión era tensa y solemne mientras se disponían a realizar el ritual.

Con los objetos y documentos en mano, comenzaron el ritual final en el altar de piedra. Usaron los símbolos y las palabras del manuscrito para llevar a cabo el proceso, asegurándose de seguir cada paso con precisión. El medallón fue colocado en el centro del altar, y los símbolos fueron trazados alrededor de él.

Mientras realizaban el ritual, el ambiente en la mansión comenzó a cambiar. La sensación de oscuridad y peso que había estado presente se disipó lentamente, y un sentimiento de liberación comenzó a llenar el espacio.

Al completar el ritual, el grupo sintió una oleada de alivio. El pacto oscuro había sido completamente desactivado, y los secretos que habían atormentado a la familia Whitmore durante generaciones finalmente habían sido sellados.

Lisa, Daniel y Emily salieron de la mansión con una sensación de logro y satisfacción. Sabían que habían completado su misión y que habían asegurado el futuro de la familia Whitmore. La Villa Ravenscroft, ahora desprovista de su influencia oscura, era testigo de la conclusión de un capítulo importante en la historia de la familia.

Con el pacto oscuro neutralizado y los secretos descubiertos, el grupo estaba listo para enfrentar el futuro con una nueva perspectiva. El legado de la familia Whitmore había sido protegido, y los ecos del pasado finalmente habían sido silenciados.

Capítulo 27

La bruma matutina envolvía la mansión Whitmore cuando Lisa, Daniel y Emily regresaron de su última misión en la Villa Ravenscroft. El ambiente en la mansión estaba lleno de una sensación de paz renovada, pero la investigación aún no había llegado a su fin. Aunque habían desactivado el pacto oscuro y realizado el ritual final, los documentos históricos y el manuscrito descubierto indicaban que aún quedaban aspectos del legado oscuro por resolver.

El grupo se reunió en la biblioteca para discutir sus próximos pasos. Los documentos históricos revelaban detalles sobre una figura enigmática conocida como el Custodio del Legado, una persona que, según las leyendas, tenía el poder de influir y controlar el pacto oscuro y sus seguidores. Esta figura parecía ser el último enigma en la compleja red de secretos que habían desenterrado.

"De acuerdo con los documentos, el Custodio del Legado es una figura clave en la preservación del pacto oscuro," explicó Lisa, mientras desplegaba un pergamino antiguo sobre la mesa. "El texto sugiere que esta persona tiene la capacidad de manipular el pacto y controlar su influencia. Si es cierto, debemos identificar quién es esta persona y asegurarnos de que no represente una amenaza."

Daniel revisó los registros antiguos que habían encontrado en la Villa Ravenscroft. "El Custodio del Legado parece ser una figura histórica con una influencia significativa en la familia Whitmore. Los documentos mencionan que esta persona ha estado relacionada con eventos oscuros a lo largo de la historia."

Emily, que había estado investigando las conexiones históricas y las figuras prominentes, intervino. "He encontrado referencias a varios individuos que podrían haber actuado como Custodios del Legado en diferentes épocas. Debemos rastrear a estas figuras y determinar si alguna de ellas sigue activa en la actualidad."

Con esta información, el grupo decidió que su próxima tarea sería investigar las identidades y la historia de los posibles Custodios del Legado. La investigación los llevó a explorar archivos históricos y consultar con expertos en historia esotérica.

Uno de los registros históricos reveló que el último Custodio del Legado conocido había sido un hombre llamado Charles Whitmore, un ancestro de la familia Whitmore que había desaparecido misteriosamente hace más de un siglo. Según los documentos, Charles Whitmore había sido el líder de una sociedad secreta encargada de mantener el pacto oscuro y había desaparecido sin dejar rastro durante un ritual final.

El grupo se dio cuenta de que encontrar información sobre Charles Whitmore podría ser crucial para entender la amenaza potencial del Custodio del Legado. Decidieron buscar más detalles sobre su desaparición y cualquier evidencia que pudiera indicar su paradero o actividades posteriores.

La investigación llevó a Lisa, Daniel y Emily a un antiguo archivo en la ciudad, donde encontraron registros sobre la desaparición de Charles Whitmore. Los documentos indicaban que Charles había estado involucrado en una serie de actividades esotéricas y rituales en una mansión oculta en las afueras de la ciudad, que parecía estar relacionada con la Villa Ravenscroft.

Decididos a seguir esta pista, el grupo se dirigió a la mansión oculta mencionada en los registros. La mansión era una construcción antigua y en ruinas, similar a la Villa Ravenscroft, pero con una atmósfera aún más opresiva. La mansión estaba oculta en medio de un denso bosque, y la vegetación crecida a su alrededor hacía que el lugar pareciera olvidado por el tiempo.

Al entrar en la mansión, el grupo encontró un espacio similar al altar de la Villa Ravenscroft, con símbolos esotéricos y artefactos antiguos. Lisa, Daniel y Emily exploraron las habitaciones y encontraron una serie de documentos y objetos que parecían estar relacionados con los rituales y el legado oscuro.

Entre los documentos, encontraron un diario que parecía haber pertenecido a Charles Whitmore. El diario contenía escritos y notas sobre sus actividades como Custodio del Legado, así como detalles sobre rituales y objetos esotéricos. En las páginas del diario, Charles había escrito sobre su preocupación por el futuro del pacto oscuro y su deseo de asegurar su perpetuidad.

"Este diario ofrece una visión profunda sobre la mentalidad del Custodio del Legado," comentó Lisa, mientras leía las anotaciones de Charles. "Parece que estaba obsesionado con el pacto oscuro y con mantener su influencia."

Daniel encontró un mapa en el diario que indicaba la ubicación de un lugar oculto relacionado con el pacto. "Este mapa parece señalar un sitio específico que podría estar vinculado al último ritual o a la preservación del pacto."

Emily, que había estado revisando los objetos encontrados en la mansión, identificó un amuleto que coincidía con los símbolos en el diario. "Este amuleto podría haber sido un objeto de poder para Charles Whitmore, utilizado en los rituales para consolidar su control sobre el pacto."

El grupo decidió que su siguiente paso sería investigar el lugar señalado en el mapa. La ubicación estaba en una región remota del bosque, y el grupo se preparó para adentrarse en el área en busca de más pistas.

Después de un viaje arduo a través del bosque, llegaron a una cueva oculta en una colina. La entrada de la cueva estaba sellada con un mecanismo antiguo que parecía haber sido diseñado para proteger el interior. Lisa, Daniel y Emily utilizaron las pistas del diario para desactivar el mecanismo y abrir la entrada.

Dentro de la cueva, encontraron una serie de cámaras y pasajes subterráneos. En una de las cámaras principales, había un altar similar al de la Villa Ravenscroft, pero con una serie de símbolos y objetos que parecían estar relacionados con el ritual final de consolidación del pacto.

En el centro de la cámara, encontraron un sarcófago antiguo que parecía estar sellado con magia y rituales. Los documentos en el diario de Charles indicaban que el sarcófago contenía el cuerpo de Charles Whitmore, que había sido preservado en un estado de animación suspendida como parte de un ritual para asegurar la continuidad del pacto.

"Esto confirma que Charles Whitmore fue el Custodio del Legado y que su cuerpo ha sido preservado como parte del pacto oscuro," dijo Lisa, mientras examinaba el sarcófago. "Debemos asegurarnos de que el sarcófago sea desactivado y que el legado oscuro sea completamente sellado."

El grupo realizó un ritual final en la cámara para desactivar el sarcófago y asegurar que el pacto oscuro fuera completamente neutralizado. Utilizaron los documentos del diario y el amuleto encontrado en la mansión oculta para llevar a cabo el proceso.

Con el ritual completado, el sarcófago se desactivó, y el ambiente en la cueva se volvió más liviano y despejado. La influencia del pacto oscuro fue sellada, y el Custodio del Legado, Charles Whitmore, fue finalmente liberado de su estado de animación suspendida.

Lisa, Daniel y Emily salieron de la cueva con una sensación de logro y alivio. Habían completado su misión y asegurado que el legado oscuro no representara una amenaza para la familia Whitmore ni para el futuro.

El grupo regresó a la mansión Whitmore, donde reflexionaron sobre el impacto de sus descubrimientos y el camino recorrido. El legado oscuro de la familia Whitmore había sido protegido y desactivado, y el futuro parecía más prometedor.

Con el Custodio del Legado finalmente neutralizado y el pacto oscuro sellado, Lisa, Daniel y Emily estaban listos para enfrentar el futuro con una nueva perspectiva. La historia de la familia Whitmore y sus secretos oscuros habían sido desenterrados y tratados con el respeto y la atención que merecían.

Capítulo 28

Lisa, Daniel y Emily se encontraban en la biblioteca de la mansión Whitmore, revisando los documentos y los objetos que habían encontrado en la cueva de la colina. Aunque habían desactivado el pacto oscuro y neutralizado al Custodio del Legado, sentían que aún quedaban piezas del rompecabezas por encajar.

Lisa colocó sobre la mesa un antiguo libro que había encontrado en la cueva, cubierto de polvo y con una portada desgastada. "Este libro parece ser una especie de crónica o guía sobre el pacto oscuro y los Custodios del Legado. Tal vez contenga información adicional que nos ayude a entender mejor el legado y su impacto."

Daniel asintió y tomó el libro con cuidado. "Vamos a examinarlo. Si hay algo más que necesitamos saber, este libro podría contener las respuestas."

Emily, que había estado revisando las notas y los documentos relacionados, miró los textos con atención. "Si el libro tiene información sobre cómo el pacto ha influido en diferentes épocas, podría darnos una idea de cómo evitar que algo similar vuelva a ocurrir."

Lisa y Daniel comenzaron a leer el libro mientras Emily revisaba los otros documentos. La lectura de las primeras páginas reveló una serie de rituales y eventos históricos relacionados con el pacto oscuro, así como detalles sobre los Custodios del Legado y su influencia a lo largo del tiempo.

"El libro menciona una figura clave en la historia del pacto, un líder que ha actuado como intermediario entre los Custodios y las entidades oscuras," dijo Lisa, señalando un pasaje del libro. "Este líder parece tener un papel crucial en la preservación y expansión del pacto."

Emily, al leer el mismo pasaje, añadió: "Este líder podría ser alguien que haya estado operando en las sombras para mantener el pacto activo. Si podemos identificar a esta persona, podríamos prevenir futuros problemas."

Daniel encontró un pasaje en el libro que hablaba de una serie de objetos esotéricos que estaban relacionados con el pacto oscuro. "El libro menciona una serie de artefactos que tienen el poder de influir en el pacto y sus rituales. Debemos asegurarnos de que estos objetos sean localizados y asegurados."

Mientras discutían estos hallazgos, recibieron una llamada inesperada de Jonathan Blackwood, el propietario de la librería "El Rincón del Arcano." "Lisa, Daniel, Emily, tengo información importante que podría cambiar el rumbo de nuestra investigación. Necesito que vengan a la librería lo antes posible."

El grupo se dirigió a la librería de inmediato, ansiosos por conocer la nueva información. Al llegar, Blackwood los recibió con una expresión de preocupación. "He encontrado una serie de documentos adicionales que podrían estar relacionados con el líder mencionado en el libro. Estos documentos sugieren que la influencia del pacto oscuro puede no haber terminado completamente."

"¿Qué tipo de documentos?" preguntó Lisa, mientras se dirigían a una sala privada en la librería.

"Son registros de una sociedad secreta que parece haber estado operando en paralelo a los Custodios del Legado," explicó Blackwood. "Estos registros indican que el líder de la sociedad secreta ha estado trabajando para preservar y expandir la influencia del pacto oscuro."

Blackwood mostró a Lisa, Daniel y Emily una serie de documentos antiguos que contenían información sobre la sociedad secreta y su líder. Los registros incluían detalles sobre rituales, reuniones secretas y artefactos esotéricos utilizados por la sociedad.

"Los documentos mencionan a un individuo llamado Elias Ravenscroft," dijo Blackwood. "Parece que ha estado operando como el líder de la sociedad secreta y ha estado involucrado en actividades relacionadas con el pacto oscuro."

El nombre Ravenscroft resonó con Lisa y Daniel. Recordaron que la Villa Ravenscroft, donde habían encontrado el altar y el medallón, estaba asociada con figuras influyentes en la historia del pacto oscuro.

"Elias Ravenscroft podría ser una figura crucial en la preservación del pacto," comentó Lisa. "Si podemos encontrar a esta persona o descubrir su paradero, podríamos asegurar que el legado oscuro sea completamente neutralizado."

El grupo decidió que su siguiente tarea sería rastrear a Elias Ravenscroft y determinar su relación con el pacto oscuro. Los documentos indicaban que

Elias había estado en contacto con varios miembros de la sociedad secreta y había realizado rituales en diferentes lugares.

La investigación llevó al grupo a buscar pistas sobre Elias Ravenscroft en archivos históricos y registros de sociedades secretas. Descubrieron que Elias había sido visto por última vez en una mansión oculta en el campo, que parecía estar vinculada a las actividades de la sociedad secreta.

Con esta nueva pista, el grupo se dirigió a la mansión mencionada en los documentos. La mansión era una construcción antigua y majestuosa, rodeada de un jardín descuidado. El ambiente en la mansión era inquietante y sombrío, con una sensación de abandono y misterio.

Al explorar la mansión, el grupo encontró una serie de salas y pasillos que parecían haber sido utilizados para rituales esotéricos. En una de las habitaciones principales, encontraron un altar similar al de la Villa Ravenscroft, pero con símbolos y objetos que estaban relacionados con los registros de la sociedad secreta.

Lisa, Daniel y Emily buscaron en la habitación y encontraron una serie de documentos y objetos que parecían estar relacionados con la influencia de Elias Ravenscroft. Entre los documentos, encontraron una carta escrita por Elias que describía sus planes para expandir la influencia del pacto oscuro y mantener el control sobre sus seguidores.

"La carta revela que Elias Ravenscroft estaba trabajando para asegurar que el pacto oscuro continuara activo y que su influencia se expandiera," dijo Lisa. "Parece que tenía un plan para revivir el pacto y controlar a los Custodios del Legado."

Daniel encontró un cofre escondido en la habitación, que contenía una serie de artefactos esotéricos y un medallón similar al que habían encontrado en la Villa Ravenscroft. "Este medallón podría haber sido utilizado por Elias para consolidar su poder y controlar el pacto oscuro."

Emily revisó los documentos y encontró una referencia a un ritual final que Elias había planeado realizar para asegurar la perpetuidad del pacto. "Este ritual parece ser similar al que realizamos en la Villa Ravenscroft. Si podemos neutralizar este ritual, podríamos asegurar que el pacto oscuro sea completamente desactivado."

El grupo decidió realizar el ritual final en la mansión para asegurar que el pacto oscuro y la influencia de Elias Ravenscroft fueran completamente neutralizados. Utilizaron los documentos y el medallón encontrado en la mansión para llevar a cabo el proceso, siguiendo los pasos descritos en la carta de Elias.

Con el ritual completado, la atmósfera en la mansión cambió, y la influencia del pacto oscuro se disipó. El grupo sintió una oleada de alivio al saber que el legado oscuro había sido completamente sellado y neutralizado.

Lisa, Daniel y Emily regresaron a la mansión Whitmore, donde reflexionaron sobre el impacto de sus descubrimientos y el camino recorrido. Habían enfrentado y superado desafíos significativos para asegurar que el legado oscuro de la familia Whitmore fuera protegido.

Con el Custodio del Legado neutralizado y la influencia del pacto oscuro desactivada, el grupo estaba listo para enfrentar el futuro con una nueva perspectiva. El legado de la familia Whitmore había sido asegurado, y los secretos oscuros finalmente habían sido tratados con el respeto y la atención que merecían.

Capítulo 29

El sol estaba en su punto más alto cuando Lisa, Daniel y Emily regresaron a la mansión Whitmore tras neutralizar la influencia de Elias Ravenscroft. Aunque se sentían aliviados, el proceso de resolver los enigmas oscuros del pacto había dejado una sensación de inquietud que no podían ignorar. Habían logrado desactivar el legado oscuro, pero las conexiones con el pasado continuaban llamando.

Lisa estaba en la biblioteca revisando los documentos finales que habían traído de la mansión de Ravenscroft. "Aún hay algo que no termina de encajar," comentó, pasándole a Daniel y Emily un antiguo libro de genealogía que había encontrado entre los objetos de Ravenscroft. "Parece que hay más detalles sobre la historia de la familia Whitmore y su relación con el pacto."

Daniel examinó el libro con atención. "Este libro traza las líneas de sangre de la familia Whitmore y sus conexiones con otras familias influyentes. Podría haber algo más que nos ayude a entender cómo el pacto oscuro ha afectado a la familia a lo largo de las generaciones."

Emily se unió a la conversación. "La historia de la familia Whitmore está llena de eventos significativos, pero también hay indicios de sucesos oscuros y rituales que podrían haber influido en el presente. Si podemos entender cómo estos eventos han afectado a la familia, podríamos encontrar respuestas a algunas de las preguntas que aún tenemos."

Mientras revisaban el libro, encontraron una página que destacaba una serie de eventos históricos importantes relacionados con la familia Whitmore. Entre ellos, había una mención a un antiguo diario familiar que había desaparecido en circunstancias misteriosas. El diario parecía contener detalles cruciales sobre la historia del pacto y su influencia en la familia.

"La desaparición de este diario podría estar relacionada con los eventos oscuros que hemos estado investigando," dijo Lisa. "Si podemos encontrar este diario, podríamos descubrir información que aún falta."

El grupo decidió investigar la desaparición del diario familiar y rastrear su paradero. La investigación los llevó a contactar a historiadores y expertos en la familia Whitmore. Descubrieron que el diario había sido registrado como perdido durante la Segunda Guerra Mundial, cuando la mansión había sido ocupada por las fuerzas invasoras y había sufrido daños significativos.

"Parece que el diario se perdió en los eventos caóticos de la guerra," comentó Daniel. "Debemos investigar los registros de la época y buscar pistas sobre lo que pudo haber sucedido con el diario."

La investigación reveló que, durante la guerra, la mansión Whitmore había sido utilizada como base para operaciones secretas y había sufrido daños graves. Algunos documentos indicaban que varios objetos valiosos y registros importantes habían sido sacados de la mansión antes de su ocupación. Lisa, Daniel y Emily comenzaron a rastrear estos objetos y registros para determinar si el diario había sido llevado a otro lugar.

En los archivos históricos, encontraron una serie de registros sobre una operación encubierta llevada a cabo por un grupo de resistencia local. El grupo había sido responsable de proteger y trasladar objetos valiosos y documentos importantes fuera de la mansión durante la ocupación.

"Parece que el diario pudo haber sido llevado a un lugar seguro por este grupo de resistencia," dijo Emily, revisando los registros. "Necesitamos rastrear a los miembros de la resistencia y averiguar si hay información sobre el paradero del diario."

La investigación llevó al grupo a contactar a descendientes de los miembros de la resistencia que habían participado en la operación. Uno de los descendientes, un anciano llamado Arthur Simmons, tenía recuerdos vagos sobre la operación y había conservado algunos documentos relacionados con la misión.

Arthur Simmons recibió al grupo en su hogar, una casa antigua en las afueras de la ciudad. Aunque estaba envejecido y frágil, su memoria era aguda y sus recuerdos detallados. "Recuerdo haber escuchado sobre un diario que se había llevado a un lugar seguro," dijo Arthur, mientras hojeaba algunos documentos antiguos. "Pero nunca supe qué pasó con él después de la guerra."

Arthur compartió con el grupo información sobre un almacén en el campo donde se habían guardado varios objetos y documentos durante la guerra. El almacén había sido sellado y olvidado después de la guerra, y se pensaba que aún contenía objetos valiosos.

El grupo decidió investigar el almacén mencionado por Arthur. Al llegar, encontraron un edificio antiguo y en ruinas, con un ambiente de abandono. Lisa, Daniel y Emily comenzaron a explorar el almacén, buscando pistas sobre el paradero del diario familiar.

Entre los objetos y documentos encontrados en el almacén, Lisa descubrió un baúl sellado con cintas de seguridad y símbolos de protección. Al abrir el baúl, encontraron una serie de documentos y libros antiguos, incluyendo el diario familiar que habían estado buscando.

"Este es el diario que hemos estado buscando," dijo Lisa, con una mezcla de alivio y emoción. "Finalmente tenemos la oportunidad de descubrir lo que contiene."

El grupo revisó el diario con cuidado. Contenía una serie de anotaciones y relatos sobre la historia del pacto oscuro, así como detalles sobre los eventos que habían llevado a la influencia del pacto en la familia Whitmore. El diario revelaba que el pacto había sido diseñado para proteger a la familia Whitmore y asegurar su influencia a lo largo de la historia, pero también había tenido un costo significativo en términos de sacrificios y rituales oscuros.

"El diario proporciona una visión completa sobre cómo el pacto ha afectado a la familia Whitmore a lo largo de las generaciones," comentó Emily. "Parece que el pacto ha tenido un impacto duradero en la familia, incluso después de nuestra intervención."

Lisa, Daniel y Emily se dieron cuenta de que, aunque habían neutralizado la influencia del pacto oscuro, el impacto de los eventos históricos seguía resonando en la familia Whitmore. El diario era un testimonio de cómo el pacto había moldeado la historia de la familia y de cómo los secretos del pasado aún tenían eco en el presente.

Con el diario en mano, el grupo regresó a la mansión Whitmore para continuar con su investigación y reflexionar sobre el impacto de sus descubrimientos. Sabían que, aunque habían logrado desactivar el pacto oscuro, la historia de la familia Whitmore y sus secretos continuaban siendo parte de su legado.

La revelación del diario les proporcionó una comprensión más profunda de los eventos que habían dado forma al legado oscuro. Lisa, Daniel y Emily estaban decididos a proteger el futuro de la familia Whitmore y asegurar que los ecos del pasado no volvieran a afectar su vida.

Capítulo 30

Lisa, Daniel y Emily se encontraban en la mansión Whitmore, rodeados por las revelaciones que el Espejo de la Verdad había proporcionado. Habían descubierto fragmentos cruciales sobre el pacto oscuro y su impacto en la historia de la familia Whitmore, pero la sensación de que algo aún permanecía sin resolver seguía presente.

Con el espejo almacenado de manera segura y los documentos reorganizados, el grupo se dirigió al despacho principal de la mansión, donde se sentaron alrededor de una mesa para analizar las visiones del espejo. Las imágenes habían mostrado no solo rituales antiguos, sino también conexiones entre la familia Whitmore y una serie de eventos históricos relacionados con la influencia del pacto oscuro.

Lisa estaba revisando un mapa antiguo que había encontrado en el baúl del almacén. "Este mapa muestra varias ubicaciones alrededor de la mansión y en los alrededores que parecen tener una importancia histórica. Podrían estar relacionadas con los eventos y rituales que el espejo reveló."

Emily estaba revisando unas cartas que habían encontrado junto al espejo. "Algunas de estas cartas parecen ser comunicaciones entre miembros de la sociedad secreta y otros individuos influyentes de la época. Hay referencias a reuniones secretas y rituales que se llevaron a cabo en diferentes lugares."

Daniel, que había estado revisando los documentos históricos sobre la resistencia durante la Segunda Guerra Mundial, levantó la vista. "Según lo que encontré, algunos de los objetos y documentos que fueron escondidos en el almacén tenían una conexión con la resistencia, pero también estaban relacionados con los eventos oscuros de la familia Whitmore. Parece que había una conspiración más amplia en juego."

La conversación se centró en una figura mencionada en varias cartas: un miembro prominente de la sociedad secreta conocido como Charles Donovan. Donovan había sido una figura clave en la preservación y expansión del pacto oscuro. Las cartas revelaban que Donovan había mantenido contacto con varios otros miembros y había participado en numerosos rituales.

"Parece que Charles Donovan jugó un papel crucial en la conspiración para mantener el pacto oscuro en vigor," comentó Lisa. "Necesitamos investigar más sobre él y su papel en la historia de la familia Whitmore."

El grupo decidió rastrear la historia de Charles Donovan. Las investigaciones los llevaron a una serie de registros históricos que indicaban que Donovan había estado involucrado en varios eventos importantes de la historia reciente y que había tenido una influencia significativa en el desarrollo del pacto oscuro.

Un registro reveló que Donovan había sido un destacado miembro de una organización secreta que había operado en la sombra durante la guerra y había estado asociado con el antiguo diario familiar. La conexión entre Donovan y el pacto oscuro parecía más profunda de lo que habían imaginado.

Lisa, Daniel y Emily decidieron que debían investigar más a fondo el legado de Donovan. Encontraron una serie de documentos en los archivos históricos que sugerían que Donovan había llevado a cabo rituales en lugares específicos alrededor de la mansión Whitmore. Estos lugares incluían una serie de casas antiguas y edificaciones que estaban conectadas con la historia de la familia.

El grupo comenzó a visitar estos lugares, comenzando por una antigua casa de campo cercana que había sido utilizada como un punto de reunión para miembros de la sociedad secreta. La casa estaba en ruinas y había sido abandonada, pero los documentos históricos indicaban que había sido un lugar clave para los rituales de Donovan.

"Esta casa parece haber sido un centro de operaciones importante para Donovan," comentó Daniel, mientras exploraban las habitaciones desmoronadas. "Podría haber evidencia de los rituales que realizaba aquí."

Mientras buscaban en la casa, Lisa descubrió una serie de símbolos esotéricos grabados en las paredes y en el suelo. Los símbolos coincidían con los que habían visto en el Espejo de la Verdad y en los documentos relacionados con el pacto oscuro.

"Estos símbolos son similares a los que vimos en el espejo," dijo Lisa. "Parece que Donovan estaba llevando a cabo rituales relacionados con el pacto oscuro en este lugar."

Emily encontró un compartimento oculto en la pared que contenía una serie de documentos y objetos antiguos. Entre estos objetos, había una serie de cartas y diarios que detallaban las actividades de Donovan y su influencia en la familia Whitmore. Las cartas revelaban que Donovan había estado involucrado en una serie de conspiraciones para mantener el pacto oscuro activo y expandir su influencia.

"El descubrimiento de estos documentos proporciona una visión más clara de cómo Donovan estaba tratando de asegurar la perpetuidad del pacto," comentó Emily. "Parece que había un plan elaborado para mantener el pacto en vigor y controlar a la familia Whitmore."

El grupo continuó su investigación, visitando otros lugares relacionados con la historia de Donovan y el pacto oscuro. Encontraron más evidencia de rituales y conspiraciones que habían estado en marcha durante décadas. Cada descubrimiento les proporcionaba una comprensión más profunda de cómo el pacto oscuro había influido en la historia de la familia Whitmore.

Finalmente, el grupo reunió suficiente información para trazar una línea de tiempo de los eventos relacionados con el pacto oscuro y la influencia de Donovan. Descubrieron que Donovan había estado involucrado en una serie de eventos históricos significativos, desde la Revolución Americana hasta la Segunda Guerra Mundial, y que su influencia había sido un factor clave en la perpetuación del pacto oscuro.

"Tenemos una visión bastante completa de la influencia de Donovan y el pacto oscuro en la historia de la familia Whitmore," dijo Lisa, mientras revisaban la línea de tiempo. "Sin embargo, todavía hay preguntas sin respuesta sobre cómo se ha mantenido el pacto activo a lo largo del tiempo."

El grupo decidió realizar una última investigación en la mansión Whitmore para buscar cualquier evidencia adicional que pudiera explicar cómo el pacto oscuro había sido mantenido en secreto. Revisaron las áreas ocultas y las habitaciones que no habían sido exploradas previamente.

Durante la búsqueda, encontraron una serie de documentos antiguos y objetos esotéricos que estaban escondidos en una sala secreta en el sótano de la mansión. Estos documentos proporcionaban detalles sobre los rituales que habían sido utilizados para mantener el pacto oscuro y asegurar que su influencia perdurara.

"Estos documentos revelan cómo el pacto ha sido mantenido activo a lo largo del tiempo," comentó Daniel, mientras revisaba los papeles. "Parece que ha habido una serie de rituales y procedimientos que han sido utilizados para asegurar la perpetuidad del pacto."

Con la información obtenida, Lisa, Daniel y Emily estaban listos para enfrentar el desafío final de neutralizar por completo la influencia del pacto oscuro y asegurar el futuro de la familia Whitmore. Sabían que habían desentrañado una conspiración profunda y compleja que había estado en marcha durante generaciones, y estaban decididos a proteger el legado de la familia.

El grupo continuó trabajando en su plan para asegurar que el pacto oscuro fuera completamente desactivado. Sabían que su misión estaba llegando a su fin, pero también comprendían que el trabajo que habían realizado había sido crucial para proteger el futuro de la familia Whitmore.

Capítulo 31

La mansión Whitmore parecía envuelta en un silencio tenso mientras Lisa, Daniel y Emily se preparaban para llevar a cabo el ritual final que esperaban sellaría de una vez por todas la influencia del pacto oscuro. La información obtenida del Espejo de la Verdad y de los documentos relacionados con Charles Donovan y la sociedad secreta había proporcionado una comprensión más profunda de la historia y la naturaleza del pacto, pero ahora era el momento de enfrentar el desafío final.

El despacho de la mansión había sido transformado en un centro de operaciones para el ritual. Lisa, Daniel y Emily habían reunido todos los artefactos y documentos necesarios, incluyendo el Espejo de la Verdad, los símbolos esotéricos descubiertos en las casas antiguas y los textos antiguos sobre el pacto oscuro.

"Todo está listo para el ritual," dijo Lisa, mientras revisaba los preparativos en el despacho. "Hemos reunido todo lo necesario para asegurar que el pacto oscuro sea completamente neutralizado."

Daniel estaba revisando los últimos detalles del ritual. "El diario familiar proporciona instrucciones detalladas sobre cómo llevar a cabo el ritual. Debemos seguir cada paso con precisión para asegurar que el pacto sea sellado de manera efectiva."

Emily estaba revisando los documentos finales que habían encontrado en la sala secreta del sótano. "También debemos estar preparados para cualquier efecto secundario o resistencia que pueda surgir durante el ritual. El pacto oscuro ha sido una parte importante de la historia de la familia Whitmore, y puede haber fuerzas que intenten interferir."

Con todo en su lugar, el grupo comenzó el ritual siguiendo las instrucciones del diario. Colocaron el Espejo de la Verdad en el centro del despacho y comenzaron a trazar los símbolos esotéricos en el suelo alrededor del espejo. Los símbolos estaban dispuestos en un patrón complejo que debía ser seguido cuidadosamente.

A medida que el ritual avanzaba, el ambiente en la mansión se volvió más denso y cargado. La luz de las velas y los símbolos esotéricos creaban un aura mística en el despacho, y el grupo trabajaba con concentración y precisión.

Lisa comenzó a recitar las palabras del hechizo, tal como se indicaba en el diario. La voz de Lisa resonaba en el despacho mientras recitaba las palabras antiguas, y el Espejo de la Verdad comenzó a brillar con una luz tenue. La luz se intensificó a medida que el ritual avanzaba, y el espejo mostró imágenes de eventos pasados relacionados con el pacto oscuro.

Daniel y Emily continuaron con las siguientes etapas del ritual, añadiendo ingredientes y realizando movimientos específicos según las instrucciones del diario. A medida que el ritual progresaba, el despacho se llenó de una energía palpable, y el grupo sintió una creciente presión en el aire.

De repente, el ambiente cambió. El espejo comenzó a mostrar visiones inquietantes de figuras encapuchadas y rituales oscuros. Las imágenes parecían interponerse entre el grupo y el éxito del ritual, y una sensación de resistencia se apoderó del despacho.

"Parece que hay una resistencia activa," dijo Emily, mientras observaba las visiones en el espejo. "Debemos continuar con el ritual y mantenernos enfocados. La influencia del pacto oscuro puede estar intentando interferir."

Lisa intensificó la recitación del hechizo, y Daniel y Emily redoblaron sus esfuerzos para seguir las instrucciones del ritual. La luz del espejo se volvió más intensa, y las imágenes comenzaron a distorsionarse, mostrando escenas de resistencia y lucha interna.

El despacho estaba lleno de un resplandor mágico mientras el ritual alcanzaba su clímax. Lisa, Daniel y Emily sentían que la energía del pacto oscuro se estaba desvaneciendo, pero también había una sensación de agotamiento y tensión. La resistencia del pacto parecía estar cediendo, pero el grupo sabía que debían mantener la concentración hasta el final.

Finalmente, el brillo del Espejo de la Verdad alcanzó su punto máximo, y las visiones comenzaron a desvanecerse. La luz se desvaneció lentamente, y el ambiente en el despacho se calmó. El grupo había completado el ritual con éxito.

Lisa se desplomó en una silla, exhausta pero aliviada. "Hemos logrado neutralizar la influencia del pacto oscuro. El ritual ha sido un éxito."

Daniel y Emily compartieron una mirada de alivio mientras revisaban los últimos detalles del ritual. "El pacto oscuro ha sido sellado. La influencia que ha tenido sobre la familia Whitmore debería haber terminado," dijo Daniel.

A medida que el grupo se recuperaba, reflexionaron sobre el impacto de su misión y el esfuerzo que habían realizado para resolver el enigma del pacto oscuro. Sabían que su trabajo no había sido en vano y que habían protegido el futuro de la familia Whitmore.

Lisa, Daniel y Emily estaban listos para enfrentar el próximo desafío. Aunque el pacto oscuro había sido neutralizado, sabían que aún quedaban preguntas por responder y que el legado de la familia Whitmore debía ser manejado con cuidado.

Con el ritual completado y el pacto oscuro sellado, el grupo se preparó para cerrar el capítulo final de su investigación. La mansión Whitmore, ahora libre de la influencia del pacto, se preparaba para un nuevo comienzo.

Capítulo 32

Lisa, Daniel y Emily se encontraban en el despacho de la mansión Whitmore, exhaustos pero aliviados tras haber completado el ritual que neutralizó la influencia del pacto oscuro. Sin embargo, una sensación de inquietud persistía en el aire. A pesar del éxito del ritual, sabían que aún quedaban cuestiones sin resolver y que podían haber consecuencias inesperadas.

"Todo parece estar en calma ahora," dijo Lisa, mientras observaba el despacho. "Pero hay algo en el aire que no me deja tranquila. Tal vez deberíamos revisar de nuevo la mansión para asegurarnos de que todo esté en orden."

Daniel y Emily asintieron en acuerdo. El grupo decidió dividirse para inspeccionar la mansión y verificar que no quedara ninguna influencia residual del pacto oscuro. Lisa se dirigió a la biblioteca, Daniel al sótano y Emily a las áreas externas de la mansión.

Lisa caminó por los pasillos silenciosos, sintiendo una mezcla de alivio y aprensión. La biblioteca estaba en desorden después del ritual, con libros y documentos esparcidos por el suelo. Mientras comenzaba a recoger y reorganizar los papeles, Lisa encontró un viejo baúl que no había notado antes.

"Esto no estaba aquí antes," pensó Lisa, mientras abría el baúl con cuidado. Dentro encontró una serie de documentos y objetos que parecían estar relacionados con el pacto oscuro. Uno de los documentos, sin embargo, llamó su atención. Era una carta sellada con un emblema familiar, que había sido escondida en el fondo del baúl.

Lisa rompió el sello y comenzó a leer la carta. La misiva estaba escrita con una letra elegante y detallaba un plan de contingencia en caso de que el pacto oscuro fuera amenazado. La carta hablaba de un "recurso oculto" que había sido guardado en secreto para asegurar que el pacto pudiera ser reactivado en caso de emergencia.

Mientras tanto, en el sótano, Daniel estaba revisando los documentos antiguos y los artefactos que habían sido descubiertos en la sala secreta. El sótano estaba lleno de polvo y telarañas, y la atmósfera era densa y cargada. Mientras revisaba un compartimento oculto, encontró un objeto que parecía estar relacionado con los rituales del pacto oscuro.

"Esto parece importante," comentó Daniel, al examinar un antiguo libro de hechizos que había sido escondido en una caja. El libro contenía instrucciones sobre rituales que podían ser utilizados para invocar fuerzas oscuras y mantener el pacto activo. Era evidente que el libro había sido guardado con el propósito de reactivar el pacto en caso de que fuera amenazado.

En las áreas externas de la mansión, Emily estaba inspeccionando los jardines y los terrenos circundantes. La noche comenzaba a caer, y una ligera brisa movía las hojas de los árboles. Emily revisaba los alrededores en busca de cualquier señal de actividad sospechosa.

Mientras inspeccionaba un viejo cobertizo en el jardín, encontró una serie de símbolos esotéricos grabados en las paredes y en el suelo. Los símbolos eran similares a los que habían encontrado en la casa de campo y en el despacho, y parecían indicar que el lugar había sido utilizado para rituales oscuros.

Emily estaba a punto de examinar más a fondo cuando recibió una llamada de Lisa. "Emily, encontramos algo preocupante. Parece que hay un plan de contingencia para reactivar el pacto oscuro. Debemos reunirnos y discutir esto."

El grupo se reunió de nuevo en el despacho para compartir sus hallazgos. Lisa mostró la carta que había encontrado, y Daniel mostró el libro de hechizos que había descubierto en el sótano. Emily explicó los símbolos esotéricos que había encontrado en el cobertizo del jardín.

"Parece que el pacto oscuro tenía una estrategia para mantenerse activo en caso de que fuera amenazado," dijo Lisa, mientras revisaba la carta. "Estos símbolos en el cobertizo y el libro de hechizos indican que podría haber más artefactos ocultos y rituales que podrían ser utilizados para reactivar el pacto."

Daniel estaba preocupado. "Si hay una posibilidad de que el pacto oscuro pueda ser reactivado, debemos actuar rápidamente para asegurar que todo esté bajo control. La carta menciona un recurso oculto que podría ser clave en este proceso."

El grupo decidió que debían localizar el recurso oculto mencionado en la carta y asegurarse de que no pudiera ser utilizado para reactivar el pacto. Lisa, Daniel y Emily comenzaron a buscar pistas sobre la ubicación del recurso oculto.

La carta indicaba que el recurso estaba escondido en un lugar relacionado con la historia de la familia Whitmore y el pacto oscuro. Después de revisar los documentos y mapas históricos, el grupo identificó una posible ubicación: una antigua cripta subterránea en el terreno de la mansión.

"El recurso oculto debe estar en la cripta subterránea," dijo Lisa. "Debemos investigar ese lugar y asegurarnos de que esté completamente asegurado."

El grupo se dirigió a la entrada de la cripta, que estaba oculta bajo una trampilla en el jardín. Con una combinación de esfuerzo y herramientas, lograron abrir la trampilla y descendieron a la cripta.

La cripta era un lugar oscuro y húmedo, lleno de telarañas y polvo. Lisa, Daniel y Emily avanzaron con cautela, iluminando el camino con linternas. La cripta contenía una serie de cámaras y nichos, y el grupo comenzó a buscar el recurso oculto mencionado en la carta.

Después de explorar varias cámaras, encontraron un compartimento oculto en una pared de piedra. Dentro del compartimento había una caja de madera sellada con un emblema familiar. La caja estaba decorada con símbolos esotéricos que coincidían con los que habían encontrado en los documentos y en el cobertizo del jardín.

Lisa, con cuidado, abrió la caja y encontró un antiguo artefacto esotérico que parecía ser la clave para el recurso oculto. El artefacto estaba acompañado de una serie de documentos y rituales que detallaban cómo utilizarlo para mantener el pacto oscuro activo.

"Este artefacto es el recurso oculto mencionado en la carta," dijo Lisa, mientras examinaba el contenido de la caja. "Debemos asegurarnos de que este artefacto no pueda ser utilizado para reactivar el pacto."

El grupo decidió que el artefacto y los documentos debían ser destruidos para evitar cualquier posibilidad de que el pacto oscuro pudiera ser reactivado. Con cuidado, llevaron el artefacto fuera de la cripta y lo destruyeron en un lugar seguro, siguiendo las instrucciones del diario y los documentos relacionados con el pacto oscuro.

Con el artefacto destruido y el recurso oculto asegurado, el grupo se sintió aliviado. Sabían que habían tomado medidas importantes para proteger el futuro de la familia Whitmore y asegurarse de que el pacto oscuro no pudiera ser reactivado.

"Ha sido un desafío complicado, pero hemos logrado neutralizar la amenaza inminente," dijo Lisa, mientras el grupo regresaba a la mansión. "Ahora podemos estar seguros de que el pacto oscuro está completamente neutralizado."

Daniel y Emily asintieron, satisfechos con el resultado de su misión. El grupo se preparó para enfrentar el siguiente paso en su investigación y para cerrar el capítulo final de su historia.

La mansión Whitmore, ahora libre de la influencia del pacto oscuro y asegurada contra cualquier amenaza futura, estaba lista para un nuevo comienzo. Lisa, Daniel y Emily estaban decididos a proteger el legado de la familia Whitmore y garantizar que el pasado oscuro no volviera a resurgir.

Capítulo 33

La calma parecía haberse asentado en la mansión Whitmore después del exitoso ritual. Lisa, Daniel y Emily se encontraban en el despacho, revisando los últimos documentos relacionados con el pacto oscuro y los artefactos que habían descubierto. Sin embargo, una sensación de inquietud seguía persistiendo. A pesar de haber neutralizado la influencia del pacto, había algo que parecía no encajar del todo.

"Ahora que hemos asegurado el recurso oculto, deberíamos enfocarnos en cualquier otro detalle que pueda estar relacionado con el pacto oscuro," dijo Lisa, mientras revisaba los documentos restantes. "Aún hay cosas que no entiendo completamente."

Emily estaba revisando el libro de hechizos que habían encontrado en el sótano. "Este libro contiene rituales y hechizos que podrían haber sido utilizados para mantener el pacto activo. Hay algunas secciones que parecen estar encriptadas o codificadas. Tal vez podríamos intentar descifrarlas."

Daniel estaba revisando las cartas y documentos relacionados con Charles Donovan. "El diario familiar también menciona que había una serie de secretos ocultos que solo podrían ser revelados bajo ciertas circunstancias. Quizás deberíamos investigar más a fondo para ver si hay algo más que no hemos descubierto aún."

Mientras el grupo continuaba revisando la información, comenzaron a notar patrones y conexiones que no habían visto antes. Los documentos y artefactos parecían estar interrelacionados de una manera que sugería un plan más complejo detrás del pacto oscuro.

Lisa se dio cuenta de que había una serie de coordenadas y símbolos en el libro de hechizos que podrían estar relacionados con la ubicación de algún artefacto adicional o una cámara secreta. "Estos símbolos y coordenadas podrían ser la clave para encontrar algo que aún no hemos descubierto. Debemos seguir investigando."

El grupo decidió seguir las pistas que habían encontrado en los documentos y en el libro de hechizos. Las coordenadas y símbolos parecían señalar a una ubicación específica en el terreno de la mansión, más allá de la cripta que ya habían explorado.

Se dirigieron a la ubicación indicada por las coordenadas, que estaba en una zona apartada del jardín. Allí encontraron una serie de piedras y marcas en el suelo que coincidían con los símbolos del libro de hechizos. Aparentemente, había un mecanismo oculto en el suelo que parecía estar vinculado a la ubicación de un posible artefacto.

Después de investigar el área, Lisa descubrió un compartimento subterráneo oculto debajo de las piedras. El compartimento contenía una serie de objetos y documentos que estaban relacionados con el pacto oscuro y la historia de la familia Whitmore.

Entre los objetos encontrados había una serie de pergaminos antiguos que contenían información sobre rituales y ceremonias que no se habían documentado previamente. También había un viejo medallón con un emblema familiar que parecía tener una importancia significativa.

"Este medallón podría ser clave para entender cómo se ha mantenido el pacto oscuro a lo largo del tiempo," dijo Lisa, mientras examinaba el medallón. "Podría haber sido utilizado en los rituales para asegurar la perpetuidad del pacto."

Emily comenzó a revisar los pergaminos antiguos y descubrió que contenían detalles sobre rituales adicionales y secretos que habían sido ocultos durante generaciones. "Estos pergaminos revelan información sobre ceremonias y rituales que no conocíamos. Parece que había una red secreta de rituales destinados a mantener el pacto oscuro activo."

Daniel, mientras tanto, estaba revisando unos documentos que parecían ser instrucciones para el uso del medallón en rituales específicos. "Estos documentos indican que el medallón tenía un papel importante en la realización de rituales. Puede que haya sido utilizado para invocar fuerzas oscuras o para mantener el pacto activo."

Con la información obtenida, el grupo se dio cuenta de que había una red más amplia de rituales y secretos que habían sido utilizados para asegurar la influencia del pacto oscuro. La red incluía una serie de ceremonias y objetos que habían sido utilizados para mantener el pacto activo a lo largo del tiempo.

Lisa, Daniel y Emily decidieron que debían desentrañar todos los secretos ocultos y asegurarse de que ninguna influencia del pacto oscuro pudiera persistir. Comenzaron a trabajar en la interpretación de los pergaminos y en el desciframiento de los rituales que habían sido revelados.

Mientras trabajaban, el grupo notó que los documentos y pergaminos revelaban detalles sobre una serie de rituales que habían sido realizados en diferentes ubicaciones alrededor de la mansión. Estos rituales estaban diseñados para invocar fuerzas oscuras y asegurar la perpetuidad del pacto.

Con la información obtenida, el grupo decidió realizar una serie de búsquedas en las ubicaciones mencionadas en los documentos. Querían asegurarse de que no hubiera más artefactos o rituales ocultos que pudieran ser utilizados para reactivar el pacto oscuro.

Las búsquedas en las ubicaciones mencionadas revelaron una serie de cámaras ocultas y objetos esotéricos que estaban vinculados a los rituales del pacto. El grupo encontró evidencia de que la red de rituales y objetos estaba más extendida de lo que habían imaginado.

A medida que exploraban estas ubicaciones, el grupo comenzó a comprender la magnitud de la influencia del pacto oscuro y la complejidad de la red secreta que había sido creada para mantenerlo activo. Era evidente que el pacto había tenido un impacto significativo en la historia de la familia Whitmore y en la sociedad secreta que lo había perpetuado.

Finalmente, con todos los secretos revelados y los artefactos asegurados, el grupo se sintió aliviado al saber que habían hecho todo lo posible para proteger el futuro de la familia Whitmore. Habían neutralizado la influencia del pacto oscuro y habían desmantelado la red de rituales y secretos que lo habían sostenido durante generaciones.

La mansión Whitmore, ahora libre de la influencia del pacto oscuro y de cualquier amenaza futura, estaba lista para un nuevo comienzo. Lisa, Daniel y Emily estaban decididos a cerrar este capítulo de la historia y asegurar que el legado de la familia Whitmore fuera manejado con cuidado y responsabilidad.

Capítulo 34

La calma en la mansión Whitmore era engañosa. Lisa, Daniel y Emily se habían tomado un respiro después de sus recientes descubrimientos, pero una sensación persistente de que algo más podría estar en juego mantenía a todos alerta. Aunque el pacto oscuro había sido neutralizado y los artefactos ocultos habían sido asegurados, Lisa seguía sintiendo una inquietud que no lograba comprender del todo.

Una noche, mientras revisaba los documentos y los pergaminos antiguos, Lisa descubrió un antiguo diario que había sido pasado por alto. El diario estaba escrito en una caligrafía elegante y contenía anotaciones que parecían ser más personales que los otros documentos que habían encontrado.

"Esto es nuevo," dijo Lisa, mientras abría el diario y empezaba a leer las entradas. El diario parecía pertenecer a uno de los antepasados de la familia Whitmore, y contenía detalles íntimos sobre la vida y las luchas personales de ese miembro de la familia.

Las entradas revelaban una serie de eventos y decisiones que parecían estar vinculados al pacto oscuro. El autor del diario había mencionado varias veces un "secreto familiar" que había sido guardado con celo y que estaba relacionado con una serie de eventos oscuros que habían afectado a la familia Whitmore a lo largo de los años.

Lisa compartió sus hallazgos con Daniel y Emily, y el grupo decidió que era crucial profundizar en la historia personal de los antepasados de la familia Whitmore. "Podría haber detalles en este diario que expliquen algunas de las cosas que no entendemos completamente," dijo Lisa.

Daniel y Emily comenzaron a investigar el contexto histórico y las circunstancias que rodeaban las entradas del diario. La investigación reveló que el autor del diario había sido un miembro clave de la sociedad secreta vinculada al pacto oscuro y que había tomado decisiones importantes para asegurar su influencia.

Mientras tanto, Lisa continuó leyendo el diario y encontró una entrada que hablaba de una serie de eventos ocurridos en la mansión que parecían estar vinculados a fenómenos paranormales. El autor mencionaba que había presenciado visiones y había sentido una presencia inquietante en la mansión, lo que sugería que la influencia del pacto oscuro podía haber tenido un impacto más profundo de lo que se había creído inicialmente.

Con la información obtenida del diario, el grupo decidió realizar una investigación más exhaustiva en la mansión, buscando pistas sobre las visiones y la presencia inquietante que había sido mencionada en las entradas. Lisa, Daniel y Emily se dirigieron a las áreas menos exploradas de la mansión, revisando rincones y habitaciones que no habían sido inspeccionados con detalle anteriormente.

En el sótano de la mansión, encontraron un antiguo armario oculto detrás de una pared falsa. Dentro del armario había una serie de documentos y objetos que estaban vinculados a rituales y eventos paranormales. También encontraron un antiguo retrato de uno de los antepasados de la familia Whitmore, el mismo que había escrito el diario.

"El retrato parece estar relacionado con las visiones que mencionaba en el diario," dijo Lisa, mientras examinaba el retrato. "Podría haber alguna conexión entre esta persona y los fenómenos paranormales que estamos investigando."

Daniel estaba revisando los documentos y encontró referencias a una serie de rituales que se habían llevado a cabo en la mansión para intentar controlar o comunicarse con entidades paranormales. "Estos documentos sugieren que había intentos de manejar fuerzas paranormales que podrían haber sido parte del pacto oscuro. La presencia inquietante mencionada en el diario podría ser una manifestación de estas fuerzas."

Emily revisó los objetos encontrados en el armario y descubrió una serie de artefactos que parecían estar vinculados a rituales paranormales. "Estos artefactos podrían haber sido utilizados en los rituales para invocar o controlar entidades. Puede que necesitemos asegurarnos de que estos objetos también sean neutralizados."

El grupo decidió que debían llevar a cabo una serie de rituales de limpieza y protección para asegurar que cualquier influencia residual de las entidades paranormales fuera eliminada. Utilizaron los conocimientos adquiridos del diario y de los documentos para realizar rituales que buscaran neutralizar cualquier influencia residual y proteger la mansión de futuras manifestaciones.

Durante los rituales, el grupo experimentó una serie de fenómenos paranormales que confirmaban la presencia de entidades en la mansión. Luces que parpadeaban, ruidos inexplicables y una sensación de frío intenso llenaron el ambiente, pero con cada paso que tomaban en el ritual, parecía que la influencia de las entidades se iba desvaneciendo.

Finalmente, después de realizar los rituales y asegurar la mansión, el grupo sintió que la atmósfera en la mansión se había estabilizado. La sensación de inquietud que habían sentido antes parecía haber desaparecido, y la mansión se sentía finalmente libre de influencias oscuras y paranormales.

"Parece que hemos manejado la influencia residual de manera efectiva," dijo Lisa, mientras el grupo se reunía en el despacho. "La mansión debería estar libre de cualquier influencia oscura o paranormal ahora."

Daniel y Emily coincidieron en que la investigación y los rituales adicionales habían sido cruciales para garantizar la seguridad y el bienestar de la mansión. Con la sensación de que el pasado oscuro había sido abordado de manera exhaustiva, el grupo se preparó para cerrar este capítulo y comenzar a pensar en el futuro.

La mansión Whitmore, una vez más, estaba lista para un nuevo comienzo. Lisa, Daniel y Emily se sintieron aliviados al saber que habían hecho todo lo posible para asegurar que el legado de la familia Whitmore fuera manejado con cuidado y responsabilidad.

Capítulo 35

La atmósfera en la mansión Whitmore había cambiado significativamente desde que se habían manejado las influencias paranormales y el pacto oscuro. Sin embargo, una sensación de incompletitud seguía persistiendo entre Lisa, Daniel y Emily. A pesar de los esfuerzos realizados, sentían que aún había aspectos del misterio que debían esclarecerse antes de que pudieran finalmente cerrar el capítulo de la historia de la familia Whitmore.

Una tarde, mientras revisaban los documentos restantes en el despacho, Lisa encontró una carta que parecía haber sido escrita por uno de los miembros más recientes de la familia Whitmore. La carta estaba fechada en los años 70 y parecía ser un testamento personal que había sido guardado con cuidado.

"Esto es interesante," comentó Lisa, mostrando la carta a Daniel y Emily. "Parece ser un testamento o una carta personal que no habíamos encontrado antes. Tal vez pueda darnos más información sobre la familia Whitmore y sus secretos."

Emily examinó la carta y notó que hablaba de una serie de eventos personales y familiares, así como de un "secreto profundo" que debía ser revelado en el momento adecuado. La carta mencionaba que el secreto estaba relacionado con una serie de objetos y documentos que habían sido escondidos en un lugar específico de la mansión.

"Podría ser que haya más secretos ocultos en la mansión," dijo Emily, mientras leía la carta. "La mención de un 'secreto profundo' sugiere que puede haber algo más que no hemos descubierto aún."

Daniel revisó el documento y comenzó a buscar pistas sobre la ubicación del secreto mencionado en la carta. "La carta menciona un lugar específico en la mansión donde se guardaron los objetos relacionados con el secreto. Debemos buscar en esa área."

La carta indicaba que el secreto estaba escondido en un compartimento oculto en el ático de la mansión, un lugar que no habían inspeccionado en detalle anteriormente. El grupo decidió investigar el ático con el objetivo de encontrar el compartimento y desentrañar el secreto.

Subieron al ático, que estaba lleno de objetos antiguos, muebles cubiertos de polvo y cajas apiladas. El lugar tenía un aire de abandono, pero también de historia, y el grupo comenzó a revisar cuidadosamente el área en busca de cualquier pista.

Mientras revisaban las cajas y los muebles, Lisa encontró una pared que parecía tener un panel oculto. "Esto no parece estar alineado con el resto de la estructura. Puede que haya algo escondido aquí."

Con cuidado, Lisa y Daniel comenzaron a despejar el área y a examinar el panel. Después de unos momentos de trabajo, lograron abrir el panel y descubrieron un compartimento oculto detrás de él. Dentro del compartimento había una serie de documentos, objetos antiguos y una caja de madera con un emblema familiar.

"Parece que hemos encontrado lo que estábamos buscando," dijo Lisa, mientras abría la caja. Dentro había varios documentos antiguos, cartas y una serie de objetos que parecían tener un significado especial para la familia Whitmore.

Los documentos incluían una serie de cartas y registros que detallaban los eventos importantes en la historia de la familia Whitmore, así como una serie de objetos esotéricos que estaban relacionados con los rituales y las ceremonias del pacto oscuro. Entre los objetos encontrados había un antiguo libro que contenía detalles sobre la historia y los secretos de la familia Whitmore.

Emily revisó el libro y descubrió que contenía información sobre una serie de eventos oscuros que habían afectado a la familia a lo largo de los años. El libro también revelaba detalles sobre la fundación del pacto oscuro y la forma en que había influido en la historia de la familia.

"Este libro revela detalles importantes sobre la historia de la familia y el pacto oscuro," dijo Emily, mientras leía las páginas. "Parece que hay una conexión profunda entre los eventos personales y los secretos familiares."

Daniel encontró una serie de cartas que estaban dirigidas a diferentes miembros de la familia Whitmore. Las cartas contenían información sobre las decisiones que habían sido tomadas para proteger los secretos de la familia y sobre cómo los eventos oscuros habían sido manejados a lo largo del tiempo.

"La correspondencia revela que había una serie de decisiones y estrategias utilizadas para mantener los secretos de la familia y manejar las influencias oscuras," comentó Daniel. "Parece que había un esfuerzo consciente por parte de la familia para proteger estos secretos y asegurarse de que no fueran revelados."

Con la información obtenida de los documentos y objetos, el grupo comenzó a comprender la magnitud de los secretos que habían sido guardados por la familia Whitmore. Los documentos revelaban una red compleja de rituales, decisiones y eventos que habían influido en la historia de la familia y en la sociedad secreta que había perpetuado el pacto oscuro.

Lisa, Daniel y Emily se dieron cuenta de que, a pesar de haber neutralizado la influencia del pacto oscuro y asegurado la mansión, era crucial comprender completamente los secretos revelados para poder manejar el legado de la familia Whitmore de manera adecuada.

"Ahora que hemos encontrado estos secretos, debemos asegurarnos de que la historia y el legado de la familia sean manejados con cuidado," dijo Lisa. "Debemos registrar y preservar esta información para que el futuro de la familia Whitmore pueda ser construido sobre una base sólida."

El grupo decidió que era importante registrar toda la información obtenida y asegurarse de que los secretos de la familia fueran comprendidos y respetados. Comenzaron a trabajar en la documentación y en la creación de un archivo detallado que preservara la historia y los secretos de la familia Whitmore.

Mientras trabajaban, Lisa, Daniel y Emily reflexionaron sobre el impacto que habían tenido en la historia de la familia y en la mansión Whitmore. Sabían que habían tomado medidas importantes para proteger el legado y asegurar que el pacto oscuro no pudiera resurgir.

La mansión Whitmore, ahora llena de historia y secretos revelados, estaba lista para un nuevo comienzo. Lisa, Daniel y Emily se sintieron satisfechos con el trabajo que habían realizado y con la comprensión profunda que habían adquirido sobre el pasado oscuro de la familia.

Con el conocimiento adquirido y los secretos revelados, el grupo estaba listo para cerrar este capítulo y prepararse para el futuro, sabiendo que habían manejado el legado de la familia Whitmore con cuidado y responsabilidad.

Capítulo 36

La mansión Whitmore se había transformado en un lugar de calma y reflexión tras el reciente descubrimiento de secretos familiares ocultos y la neutralización de la influencia del pacto oscuro. Lisa, Daniel y Emily habían dedicado mucho tiempo a revisar y registrar toda la información que habían encontrado, y estaban listos para enfrentarse a la última parte de su misión: asegurarse de que el legado de la familia Whitmore fuera correctamente preservado y el pasado oscuro completamente cerrado.

Era una tarde soleada cuando el grupo se reunió en la biblioteca de la mansión para discutir sus próximos pasos. El espacio estaba lleno de libros antiguos, documentos y objetos esotéricos que habían sido recuperados durante su investigación. El ambiente estaba cargado de una sensación de logro, pero también de una ligera inquietud, ya que sabían que aún había detalles por resolver.

"Ahora que hemos descubierto todo lo que podíamos sobre el pasado de la familia y el pacto oscuro, necesitamos decidir cómo manejar la información y qué hacer con los objetos y documentos que hemos encontrado," dijo Lisa, mirando a sus compañeros. "Debemos asegurarnos de que nada de esto caiga en manos equivocadas."

Daniel, que había estado revisando las cartas y documentos antiguos, agregó: "La correspondencia sugiere que la familia Whitmore había tomado precauciones para proteger sus secretos, y creo que deberíamos seguir esa tradición. La información debe ser almacenada de forma segura y accesible solo para aquellos que necesiten conocerla."

Emily estaba examinando los objetos esotéricos y los artefactos recuperados. "También debemos considerar qué hacer con los artefactos vinculados al pacto oscuro y los rituales. No podemos permitir que estos objetos sean utilizados para reactivar el pacto o para invocar fuerzas oscuras nuevamente."

Lisa asintió, comprendiendo la importancia de sus observaciones. "Podemos crear un archivo detallado con toda la información que hemos encontrado y asegurarnos de que los objetos peligrosos sean almacenados en un lugar seguro. También deberíamos considerar la posibilidad de consultar con expertos en historia y esoterismo para asegurarnos de que estamos manejando todo correctamente."

Decididos a cerrar este capítulo de la historia de manera adecuada, el grupo comenzó a trabajar en la organización y almacenamiento de la información. Se encargaron de clasificar los documentos, registrar la información relevante y asegurarse de que todo estuviera debidamente archivado.

Lisa, mientras revisaba el antiguo libro de rituales, encontró una sección que parecía haber sido escrita en un lenguaje cifrado. "Este libro tiene secciones que no hemos descifrado completamente. Tal vez sea crucial para asegurar que no queden detalles sin resolver."

Con la ayuda de Daniel y Emily, comenzaron a descifrar la sección cifrada del libro. Descubrieron que contenía información adicional sobre rituales y ceremonias que habían sido utilizados para proteger el pacto oscuro y asegurar su perpetuidad. La información era compleja, pero al descifrarla, pudieron comprender mejor el alcance de los rituales y los métodos utilizados para mantener el pacto.

Mientras trabajaban en los documentos y en la información descifrada, Lisa recibió una llamada inesperada de su mentor, el Dr. Richard Hughes. "Lisa, he estado revisando la información que me has enviado y creo que es crucial que revisemos algunos detalles finales antes de cerrar este capítulo. Hay aspectos del pacto oscuro y de la historia de la familia Whitmore que podrían necesitar más aclaración."

Lisa, preocupada por la llamada, reunió a Daniel y Emily para discutir los próximos pasos. "El Dr. Hughes quiere revisar algunos detalles finales con nosotros. Debemos prepararnos para cualquier nueva información que pueda surgir."

El Dr. Hughes llegó a la mansión y se reunió con el grupo en la biblioteca. Comenzaron a repasar la información y los documentos que habían sido encontrados, discutiendo los detalles y aclarando cualquier pregunta que surgiera.

Durante la revisión, el Dr. Hughes hizo una observación importante. "Hay un detalle en los documentos que sugiere la existencia de un último ritual o ceremonia que podría haber sido utilizado para consolidar el pacto oscuro. Este ritual podría haber sido diseñado para asegurar que el pacto no pudiera ser fácilmente desmantelado."

El grupo, sorprendido por la observación, decidió investigar más a fondo el detalle mencionado por el Dr. Hughes. Reexaminaron los documentos y encontraron una referencia a un ritual final que había sido mencionado en una de las cartas y en el libro de rituales.

"Parece que el ritual final estaba diseñado para asegurar la permanencia del pacto y para proteger los secretos de la familia," comentó Lisa. "Debemos asegurarnos de que este ritual no haya sido completado o utilizado de manera que pueda afectar la influencia del pacto."

Con la nueva información, el grupo llevó a cabo una revisión exhaustiva en la mansión y en los alrededores para asegurarse de que no hubiera indicios de que el ritual final hubiera sido realizado. Afortunadamente, no encontraron ninguna evidencia de que el ritual hubiera sido llevado a cabo.

Con la certeza de que el pacto oscuro había sido neutralizado y que los secretos de la familia Whitmore habían sido correctamente manejados, el grupo se sintió aliviado. La mansión estaba lista para un nuevo comienzo, libre de influencias oscuras y con un legado preservado.

Lisa, Daniel y Emily se despidieron del Dr. Hughes, agradeciéndole por su ayuda y orientación durante el proceso. Sabían que habían hecho todo lo posible para asegurar que la historia de la familia Whitmore fuera manejada con cuidado y responsabilidad.

La mansión Whitmore, ahora llena de historia y secretos revelados, estaba preparada para un futuro brillante. Lisa, Daniel y Emily se sintieron satisfechos con el trabajo realizado y estaban listos para cerrar este capítulo, sabiendo que habían protegido y preservado el legado de la familia Whitmore de manera adecuada.

Capítulo 37: Nuevos Horizontes

Después de semanas de intensas investigaciones y exhaustivos trabajos en la mansión Whitmore, Lisa, Daniel y Emily finalmente habían concluido su misión. La historia de la familia Whitmore había sido desentrañada, los secretos oscuros habían sido neutralizados, y el legado de la familia estaba listo para ser preservado. La mansión, ahora liberada de influencias paranormales, se preparaba para un nuevo capítulo.

El sol brillaba sobre la mansión, dándole un aire de renovación y esperanza. Lisa, mientras observaba los extensos jardines desde una de las ventanas del salón principal, reflexionaba sobre el largo viaje que habían recorrido. La mansión había sido el escenario de oscuros secretos, pero ahora se estaba transformando en un lugar de paz y claridad.

Daniel y Emily estaban ocupados organizando la documentación final y preparando la mansión para su transición a una nueva era. Habían decidido que la mansión se convertiría en un centro de estudio y preservación histórica, donde los eventos y secretos de la familia Whitmore pudieran ser investigados y entendidos en un contexto más amplio.

"El archivo está casi listo," dijo Daniel, mientras revisaba los documentos en el despacho. "Hemos hecho un gran trabajo preservando la historia y asegurando que los secretos sean manejados adecuadamente."

Emily estaba organizando los objetos esotéricos en una sala especial destinada a su almacenamiento seguro. "Asegurarnos de que estos artefactos sean protegidos y mantenidos en un lugar seguro es fundamental. No podemos permitir que caigan en manos equivocadas."

Lisa se unió a ellos en el despacho, con una expresión de determinación en su rostro. "Creo que estamos listos para dar el siguiente paso. La mansión no solo debe ser un lugar de estudio, sino también un símbolo de renovación y aprendizaje. Debemos asegurarnos de que el legado de la familia Whitmore sirva como una advertencia y una lección para las generaciones futuras."

Mientras el grupo discutía los planes para el futuro de la mansión, recibieron una visita inesperada. Se trataba de un historiador local, el Dr. Samuel Carter, que había oído hablar de los recientes descubrimientos y estaba interesado en conocer más sobre la historia de la familia Whitmore.

"El Dr. Carter ha mostrado un gran interés en los hallazgos y en la historia de la mansión," dijo Lisa, mientras recibía al historiador en el salón principal. "Creo que podría ser un gran aliado en nuestra misión de preservar y compartir el legado de la familia."

El Dr. Carter, un hombre de mediana edad con una apariencia intelectual y una actitud inquisitiva, saludó a Lisa, Daniel y Emily con entusiasmo. "He seguido de cerca los descubrimientos recientes y estoy impresionado por el trabajo que han realizado. La historia de la familia Whitmore es fascinante, y creo que su trabajo tiene el potencial de contribuir significativamente al estudio de la historia local y a la comprensión de los fenómenos paranormales."

Lisa y su equipo compartieron con el Dr. Carter los detalles de sus hallazgos y los planes para el futuro de la mansión. El historiador estaba emocionado por la oportunidad de colaborar y ofrecer su experiencia para asegurar que la historia de la familia Whitmore fuera comprendida y compartida adecuadamente.

"Me encantaría colaborar en la creación de una exposición sobre la familia Whitmore y los eventos que han tenido lugar aquí," dijo el Dr. Carter. "Podríamos trabajar juntos para crear un centro de investigación que atraiga a académicos y curiosos por igual, y que preserve la historia para las futuras generaciones."

El grupo aceptó la oferta del Dr. Carter con entusiasmo y comenzaron a trabajar en los detalles para establecer el centro de investigación en la mansión. El proyecto incluía la creación de exposiciones interactivas, la organización de conferencias y la publicación de investigaciones sobre la historia de la familia Whitmore y los eventos paranormales.

Mientras trabajaban en la preparación de la mansión para su nueva función, Lisa, Daniel y Emily reflexionaron sobre el impacto de su trabajo. Habían enfrentado y superado numerosos desafíos, desentrañando oscuros secretos y asegurando que el legado de la familia Whitmore fuera preservado.

"Esto es solo el principio," dijo Lisa, mientras observaba los preparativos en marcha. "El centro de investigación será un lugar donde se puedan aprender lecciones importantes sobre la historia, el poder de los secretos y la importancia de enfrentar el pasado con valentía."

El equipo trabajó incansablemente para preparar la mansión para su inauguración como centro de investigación. Crearon exposiciones detalladas, organizaron conferencias y establecieron un archivo exhaustivo de la historia de la familia Whitmore y los eventos paranormales.

Finalmente, llegó el día de la inauguración del centro de investigación. La mansión Whitmore se llenó de académicos, investigadores y curiosos que estaban ansiosos por conocer la historia y los secretos que habían sido revelados. Lisa, Daniel y Emily se sintieron satisfechos al ver que su trabajo había dado lugar a un nuevo capítulo en la historia de la mansión.

Durante la inauguración, el Dr. Carter ofreció un discurso en el que destacó la importancia del trabajo realizado y la relevancia del centro de investigación. "La mansión Whitmore no solo es un testimonio del pasado, sino también un símbolo de la búsqueda de la verdad y del entendimiento. Este centro será un lugar donde se preservará la historia y se aprenderá de los eventos que han tenido lugar aquí."

Lisa, observando la inauguración, sintió una profunda satisfacción. Habían enfrentado numerosos desafíos y habían logrado transformar un lugar de oscuridad en un faro de conocimiento y reflexión. La mansión Whitmore, ahora libre de influencias oscuras, estaba preparada para un futuro lleno de posibilidades y oportunidades.

Con el centro de investigación en marcha y la historia de la familia Whitmore finalmente expuesta, Lisa, Daniel y Emily estaban listos para seguir adelante. Sabían que su trabajo había hecho una diferencia y que el legado de la familia Whitmore viviría en las mentes y corazones de aquellos que vinieran a aprender de su historia.

Capítulo 38

La mansión Whitmore, ahora inmersa en una calma relativa, se preparaba para enfrentar su última fase de transformación. Lisa, Daniel y Emily se encontraban en el despacho principal, un espacio que había sido central en la resolución de los oscuros misterios que rodeaban la familia Whitmore. El aire estaba cargado de un sentido de cierre y anticipación, pues estaban a punto de completar el último acto de su misión.

Lisa revisaba las últimas notas y documentos que habían sido clasificados y archivados meticulosamente. El trabajo había sido arduo, pero los esfuerzos habían valido la pena. El sol se filtraba a través de las ventanas del despacho, bañando el espacio en una luz cálida que contrastaba con la atmósfera de tensión que había dominado la mansión durante tanto tiempo.

"Todo está casi listo para la gran apertura," comentó Lisa, mientras organizaba los últimos documentos. "El archivo está completo y hemos preparado todo para la inauguración del centro de investigación."

Daniel estaba revisando los detalles logísticos de la inauguración. "He confirmado los horarios con los proveedores y el equipo de seguridad. Todo está en orden para recibir a los invitados y presentar la mansión como un centro de investigación histórica."

Emily, por su parte, estaba ultimando los preparativos para la exposición que se llevaría a cabo en el centro. "Las exhibiciones están listas y los paneles informativos están en su lugar. Estoy revisando los últimos detalles para asegurarme de que la información esté clara y accesible."

El grupo se tomó un momento para reflexionar sobre el trabajo que habían realizado. La mansión, que una vez había sido un lugar de secretos oscuros y traiciones, estaba a punto de convertirse en un lugar de conocimiento y aprendizaje. La inauguración del centro de investigación sería el cierre perfecto para su misión, y el comienzo de una nueva era para la familia Whitmore.

De repente, la puerta del despacho se abrió y entró el Dr. Samuel Carter, el historiador local que había estado colaborando con ellos. Traía consigo una expresión de preocupación. "Lisa, Daniel, Emily, necesito hablar con ustedes. Algo ha sucedido."

Lisa levantó la vista, notando la seriedad en el rostro del Dr. Carter. "¿Qué ha pasado?"

"Recibí un aviso de que alguien ha estado intentando acceder a la mansión sin permiso," explicó el Dr. Carter. "No sabemos si es una simple curiosidad o si alguien está tratando de interferir con el trabajo que hemos hecho."

El corazón de Lisa se aceleró. "¿Tienes alguna idea de quién podría estar detrás de esto?"

"No estoy seguro, pero creo que debemos tomar precauciones," respondió el Dr. Carter. "Podría ser alguien con intenciones no muy claras sobre los secretos de la familia Whitmore o alguien que simplemente quiere aprovecharse de la historia para su propio beneficio."

Lisa y Daniel se miraron, reconociendo la necesidad de actuar con rapidez. "Vamos a investigar y asegurarnos de que todo esté en orden antes de la inauguración. No podemos permitir que nada interfiera con el trabajo que hemos realizado."

Juntos, el grupo comenzó a revisar las áreas de la mansión para asegurarse de que todo estuviera seguro. El Dr. Carter se encargó de revisar las cámaras de seguridad y los sistemas de alarma para verificar que todo funcionara correctamente.

Mientras revisaban el área, encontraron una ventana en el sótano que parecía haber sido forzada. Lisa, con una linterna en mano, exploró el sótano y descubrió signos de una reciente entrada no autorizada. Aunque no parecía que nada hubiera sido robado, la intrusión indicaba que alguien había estado buscando algo específico.

"Esto es inquietante," dijo Lisa, mientras examinaba el área. "Debemos asegurar que toda la mansión esté protegida adecuadamente."

Daniel y Emily se encargaron de reforzar las medidas de seguridad y de revisar todas las posibles entradas y salidas. Aseguraron que los sistemas de alarma estuvieran funcionando y que todas las ventanas y puertas estuvieran cerradas y bloqueadas.

Con las medidas de seguridad en su lugar, el grupo se reunió para discutir sus próximos pasos. "No sabemos quién está detrás de esto, pero debemos estar preparados para cualquier eventualidad," comentó Daniel. "La inauguración no puede posponerse, y debemos asegurarnos de que todo esté listo para el evento."

El día de la inauguración llegó, y la mansión Whitmore estaba lista para recibir a los invitados. El centro de investigación se había transformado en un espacio moderno y acogedor, con exhibiciones que detallaban la historia de la familia Whitmore y los eventos paranormales que habían tenido lugar. La inauguración fue un éxito, con académicos, investigadores y curiosos que llegaron para aprender sobre el legado de la familia.

A lo largo del evento, Lisa, Daniel y Emily se aseguraron de que todo transcurriera sin problemas, atendiendo a los visitantes y respondiendo preguntas. El Dr. Carter ofreció una conferencia sobre la historia de la familia Whitmore y la importancia del centro de investigación.

La inauguración transcurrió sin incidentes mayores, y el grupo se sintió aliviado al ver que su trabajo había dado lugar a un nuevo capítulo en la historia de la mansión. El centro de investigación estaba ahora en funcionamiento, y la mansión Whitmore estaba preparada para un futuro de aprendizaje y reflexión.

Con la inauguración completa y el centro de investigación en marcha, Lisa, Daniel y Emily se sintieron satisfechos con el trabajo realizado. Habían enfrentado desafíos y superado obstáculos, y la mansión Whitmore estaba lista para recibir a aquellos que deseaban conocer su historia y aprender de ella.

La sensación de logro y cierre se hizo más fuerte a medida que el grupo reflexionaba sobre su misión. Sabían que habían logrado transformar un lugar de secretos oscuros en un faro de conocimiento y esperanza, y estaban listos para seguir adelante, sabiendo que su trabajo había hecho una diferencia significativa.

Capítulo 39

La mansión Whitmore, ahora operativa como centro de investigación, seguía en un estado de vibrante actividad. Los académicos y expertos llegaban de todas partes, ansiosos por examinar los documentos y artefactos que habían sido cuidadosamente conservados y presentados. Lisa, Daniel y Emily se encontraban más ocupados que nunca, organizando visitas guiadas, respondiendo a preguntas y gestionando el flujo constante de visitantes interesados en la historia de la familia Whitmore.

El ambiente en la mansión era de constante entusiasmo, pero también de tensión latente. La reciente intrusión que habían experimentado había dejado una sensación de inquietud en el aire, y aunque habían reforzado las medidas de seguridad, el temor de que pudiera ocurrir algo inesperado seguía presente.

Una tarde, mientras Lisa revisaba el archivo para preparar una presentación sobre los hallazgos de la familia Whitmore, recibió un mensaje urgente de Daniel. "Lisa, necesitas venir al sótano. Encontramos algo que no esperábamos."

El tono de la llamada era grave, y Lisa se apresuró a bajar al sótano. Daniel y Emily ya estaban allí, examinando un pequeño compartimento oculto detrás de una pared. La caja que habían encontrado estaba polvorienta y cubierta de telarañas, y su aspecto era de antigüedad evidente.

"¿Qué has encontrado?" preguntó Lisa, al acercarse.

Daniel se giró hacia ella, con una expresión de preocupación. "Encontramos este compartimento oculto. Dentro de él había una caja que parecía estar destinada a ser guardada en secreto. No sabemos qué contiene, pero parece ser importante."

Emily, con guantes puestos, estaba intentando abrir la caja con cuidado. "No parece que se haya tocado en mucho tiempo. Vamos a ver qué hay dentro."

Después de unos minutos de trabajo, lograron abrir la caja. Dentro, encontraron varios documentos antiguos, así como un pequeño diario de cuero que parecía estar en buen estado a pesar de su antigüedad.

Lisa tomó el diario con manos temblorosas y comenzó a hojearlo. La escritura era elegante y claramente legible. A medida que leía las primeras páginas, su rostro se fue endureciendo. "Este diario parece haber sido escrito por uno de los miembros originales de la familia Whitmore. Habla de secretos y pactos que nunca se habían revelado."

Daniel y Emily se acercaron para leer junto a ella. Los documentos incluían referencias a rituales oscuros y menciones a una figura misteriosa que parecía haber tenido un papel central en los eventos que habían ocurrido en la mansión.

"Este diario menciona a alguien llamado El Custodio," dijo Lisa, mientras leía en voz alta. "Parece ser que era un miembro secreto de la familia encargado de mantener el pacto oscuro y proteger los secretos más profundos. No tenemos información previa sobre este individuo."

Emily frunció el ceño. "Si El Custodio fue una figura clave en mantener el pacto, es posible que aún haya personas que lo recuerden o incluso que sigan siendo leales a su causa. Esto podría ser peligroso."

Lisa asintió. "Sí, y el hecho de que hayan escondido estos documentos indica que podrían haber intentado ocultar algo importante. Debemos ser cuidadosos y asegurarnos de que esta información no caiga en las manos equivocadas."

Mientras discutían el hallazgo, el Dr. Samuel Carter llegó al sótano, alertado por la actividad. "¿Qué está pasando aquí?"

Lisa le mostró el diario y los documentos. "Encontramos esto en un compartimento oculto. Parece que El Custodio tenía un papel crucial en la historia de la familia Whitmore y los secretos que hemos estado tratando de entender."

El Dr. Carter examinó los documentos y el diario con interés. "Esto es fascinante. Si El Custodio estaba involucrado en mantener el pacto oscuro, debemos investigar más a fondo para comprender su rol y asegurarnos de que no haya influencias residuales."

El grupo decidió que era esencial investigar más a fondo sobre El Custodio y su posible influencia en los eventos actuales. Lisa, Daniel, Emily y el Dr. Carter comenzaron a trazar un plan para desentrañar más detalles sobre esta figura misteriosa y su impacto en la familia Whitmore.

Una de las primeras cosas que hicieron fue revisar todos los documentos y registros antiguos relacionados con la familia Whitmore. Buscaron cualquier mención a El Custodio o a figuras relacionadas que pudieran proporcionar más información.

Mientras trabajaban en la investigación, Lisa comenzó a notar patrones en la escritura del diario que parecían indicar que El Custodio había estado en contacto con individuos externos, quizás incluso con otras organizaciones secretas. El diario también mencionaba un lugar específico, un antiguo monasterio en las afueras de la ciudad, que parecía haber sido un sitio de reuniones secretas.

"Debemos investigar este monasterio," sugirió Lisa. "Podría ser un lugar clave para entender el papel de El Custodio y lo que realmente está en juego."

El grupo decidió que era necesario realizar una visita al monasterio para explorar la posibilidad de encontrar más pistas. Se prepararon para el viaje, asegurándose de llevar consigo todo el equipo necesario para investigar y documentar sus hallazgos.

El monasterio, situado en un área remota, estaba en un estado de abandono y decayendo con el tiempo. A medida que el grupo se acercaba al edificio, el ambiente se volvía más sombrío y ominoso. Lisa, Daniel, Emily y el Dr. Carter sintieron un escalofrío recorrer sus espinas dorsales, sabiendo que estaban a punto de adentrarse en un lugar cargado de historia y misterio.

Una vez dentro del monasterio, comenzaron a explorar las instalaciones. El lugar estaba lleno de polvo y telarañas, pero el grupo avanzó con cuidado, buscando cualquier indicio que pudiera estar relacionado con El Custodio y su influencia.

Mientras exploraban, encontraron una sala oculta en el sótano del monasterio. Dentro de la sala, había antiguos manuscritos y artefactos que parecían estar relacionados con rituales y ceremonias oscuras. También encontraron un pequeño altar con símbolos extraños y una serie de documentos que mencionaban a El Custodio.

"Esto es lo que estábamos buscando," dijo Lisa, mientras revisaba los documentos. "Parece que El Custodio tenía un papel central en la realización de rituales y ceremonias que mantenían el pacto oscuro."

El grupo pasó varias horas en el monasterio, examinando los hallazgos y documentando todo lo que encontraron. Sabían que habían descubierto información crucial, pero también eran conscientes de que su investigación estaba lejos de haber terminado.

Con la misión en el monasterio completada, regresaron a la mansión Whitmore, con la intención de analizar los nuevos documentos y artefactos que habían encontrado. Estaban decididos a entender completamente el papel de El Custodio y a asegurarse de que cualquier influencia residual del pacto oscuro fuera completamente erradicada.

A medida que el grupo se adentraba en el análisis de sus hallazgos, comprendieron que su misión estaba tomando un giro inesperado. Aunque habían resuelto muchos de los misterios, el eco del pasado todavía resonaba en las paredes de la mansión y en los rincones más oscuros de la historia de la familia Whitmore.

Capítulo 40

La atmósfera en la mansión Whitmore estaba cargada de expectación. Lisa, Daniel, Emily y el Dr. Carter se habían reunido en el despacho para examinar los nuevos documentos y artefactos encontrados en el monasterio. El hallazgo había revelado una serie de conexiones inquietantes con El Custodio, una figura central en los secretos oscuros de la familia Whitmore.

Lisa se sentó frente a una mesa llena de documentos antiguos y manuscritos, mientras Daniel y Emily organizaban los artefactos encontrados en el monasterio. El Dr. Carter estaba revisando unos papeles que contenían símbolos y textos crípticos relacionados con los rituales oscuros.

"Parece que hemos encontrado evidencia sólida de que El Custodio no solo estaba involucrado en la familia Whitmore, sino que también tenía conexiones con otros grupos secretos," comentó Lisa, revisando un manuscrito que hablaba de alianzas entre distintas organizaciones esotéricas. "Estos documentos sugieren que El Custodio operaba como un intermediario entre varios grupos que compartían un interés en mantener y expandir el pacto oscuro."

Daniel, examinando un antiguo pergamino, asintió. "También encontramos referencias a un ritual final, que al parecer se iba a llevar a cabo en un lugar específico, probablemente el mismo monasterio que hemos visitado. Este ritual parece ser el clímax de la serie de pactos oscuros."

Emily, que estaba revisando un libro de rituales, añadió: "Hay descripciones detalladas de los procedimientos del ritual y de cómo se debía llevar a cabo. Sin embargo, algunos pasajes están encriptados o codificados, lo que podría indicar que solo ciertos individuos tenían acceso completo a esta información."

El Dr. Carter, con el rostro grave, se levantó y se acercó a la mesa. "Debemos considerar que El Custodio puede haber tenido seguidores o aliados que aún podrían estar interesados en los secretos del pacto. Nuestra misión no termina aquí. Necesitamos descubrir todo lo que podamos sobre el ritual y los posibles seguidores para asegurarnos de que no haya una amenaza residual."

Lisa asintió, sabiendo que el grupo se encontraba en un punto crítico de su investigación. "Vamos a trabajar en descifrar los textos encriptados y a buscar cualquier pista sobre la ubicación de los seguidores de El Custodio. También debemos preparar una estrategia para proteger la mansión y el centro de investigación de cualquier posible intento de interferencia."

El equipo comenzó a trabajar en los textos codificados, utilizando herramientas de análisis y técnicas de criptografía para descifrar la información. A medida que avanzaban, descubrieron que el ritual final tenía como objetivo consolidar el poder del pacto oscuro y asegurar su perpetuidad. Los documentos indicaban que el ritual requería una serie de objetos específicos y la participación de individuos clave.

Una de las noches, mientras el grupo estaba inmerso en el análisis, Emily recibió una llamada telefónica urgente. La llamada era de un contacto que tenía en la policía local, quien le informaba que había habido un intento de robo en la mansión. Aunque no se habían llevado objetos importantes, el incidente era preocupante.

"Esto no es una coincidencia," dijo Lisa, después de escuchar el informe. "Alguien está intentando acceder a la mansión para obtener información sobre los secretos que hemos estado manejando."

El Dr. Carter se mostró preocupado. "Debemos intensificar las medidas de seguridad y asegurarnos de que no haya brechas en la protección de la mansión. También es fundamental que mantengamos la información sobre el ritual y El Custodio en la mayor confidencialidad posible."

El grupo se encargó de reforzar la seguridad de la mansión y de establecer medidas adicionales para prevenir futuros intentos de intrusión. Mientras tanto, continuaron trabajando en descifrar los textos y en descubrir más detalles sobre el ritual.

Una mañana, Daniel encontró una pista importante en uno de los documentos descifrados. "Hay una mención a una ceremonia de consagración que parece ser la fase final del ritual. Esta ceremonia se llevaría a cabo en un lugar de gran significado para los seguidores de El Custodio, posiblemente un lugar de reunión secreto."

Lisa y el Dr. Carter discutieron la posible ubicación de este lugar y concluyeron que podría estar relacionado con una antigua propiedad vinculada a la familia Whitmore. "Debemos investigar este lugar y verificar si hay alguna conexión con el ritual final," dijo Lisa. "Es posible que descubramos más sobre los seguidores de El Custodio y sus intenciones."

El grupo se preparó para investigar la propiedad antigua, que se encontraba en las afueras de la ciudad. Se aseguraron de llevar todo el equipo necesario para la investigación y tomaron precauciones para protegerse en caso de encontrar resistencia.

Al llegar a la propiedad, encontraron un edificio en ruinas que parecía haber estado deshabitado durante décadas. La estructura estaba en mal estado, con paredes caídas y ventanas rotas, pero el grupo estaba decidido a explorar cada rincón.

Mientras investigaban el interior, encontraron símbolos esotéricos y marcas en las paredes que indicaban que el lugar había sido utilizado para rituales oscuros. También descubrieron una serie de documentos ocultos en una sala subterránea, que parecían estar relacionados con la ceremonia de consagración mencionada en los textos.

Lisa, al revisar los documentos, encontró una lista de nombres y direcciones que podrían estar vinculadas a los seguidores de El Custodio. "Estos nombres y direcciones podrían ser clave para localizar a los individuos que aún podrían estar involucrados en los rituales oscuros," dijo.

Con la nueva información en mano, el grupo regresó a la mansión para planificar sus próximos pasos. Sabían que el enfrentamiento con los seguidores de El Custodio podría ser inminente y que debían estar preparados para cualquier eventualidad.

"Vamos a trabajar en localizar a estos individuos y a asegurarnos de que no haya ninguna amenaza para la seguridad de la mansión y el centro de investigación," dijo Lisa. "Nuestro objetivo es terminar con cualquier influencia residual del pacto oscuro y garantizar que el legado de la familia Whitmore sirva como una lección de advertencia."

Con determinación renovada, el grupo se preparó para enfrentar los desafíos que estaban por venir. Sabían que la resolución final de los misterios de la familia Whitmore estaba al alcance, y estaban listos para descubrir la verdad completa y asegurar un futuro libre de influencias oscuras.

Capítulo 41

La mansión Whitmore estaba en una silenciosa agitación. La reciente investigación en la antigua propiedad había revelado nombres y direcciones que indicaban la posible existencia de seguidores activos de El Custodio. Lisa, Daniel, Emily y el Dr. Carter se encontraban en una intensa fase de preparación, listos para enfrentar lo que pudiera venir a continuación. La amenaza de una posible confrontación con los seguidores de El Custodio se sentía inminente.

El grupo se había reunido en el despacho para revisar los últimos detalles antes de tomar acción. Los documentos encontrados en la propiedad antigua habían sido analizados y ahora se centraban en identificar a los individuos mencionados en los textos.

"Las direcciones que encontramos están repartidas en diferentes ubicaciones de la ciudad y alrededores," dijo Lisa, señalando un mapa extendido sobre la mesa. "Debemos priorizar nuestras acciones para investigar a estos individuos y asegurarnos de que no haya un plan en marcha para llevar a cabo el ritual final."

Emily, que estaba revisando la lista de nombres, añadió: "Algunos de estos nombres parecen estar vinculados a organizaciones locales con antecedentes en actividades esotéricas. Es posible que ya estén en contacto con otros seguidores o que incluso estén preparando algo en secreto."

El Dr. Carter, que había estado en contacto con las autoridades locales, se levantó y se acercó a la mesa. "He hablado con algunos colegas en la policía. Están dispuestos a ayudarnos en la investigación y en la vigilancia de los lugares que consideramos sospechosos. Necesitamos coordinar nuestros esfuerzos para asegurar que todos los posibles puntos de riesgo estén cubiertos."

Daniel asintió. "Deberíamos dividirnos para investigar las ubicaciones mencionadas en la lista. Emily y yo podemos ir a las direcciones que parecen más urgentes, mientras que Lisa y el Dr. Carter pueden revisar las otras ubicaciones y coordinar con la policía."

El grupo acordó el plan de acción y se preparó para partir. La tensión era palpable mientras cada uno se dirigía a su destino, conscientes de que podrían estar a punto de desentrañar la verdad final sobre El Custodio y el pacto oscuro.

Lisa y el Dr. Carter se dirigieron a una antigua mansión en las afueras de la ciudad, que estaba vinculada a uno de los nombres de la lista. La mansión estaba en un estado de deterioro similar al de la propiedad que habían investigado anteriormente, pero parecía haber señales de que alguien la había estado ocupando recientemente.

Mientras inspeccionaban el lugar, Lisa encontró una serie de documentos y artefactos que estaban escondidos en un compartimento secreto en la biblioteca. Los documentos contenían información sobre el ritual final, incluyendo detalles específicos sobre los pasos necesarios para completarlo.

"Parece que hemos encontrado una copia de los procedimientos del ritual," dijo Lisa, mientras examinaba los papeles. "Esto confirma que este lugar estaba siendo utilizado para preparar el ritual final. Debemos llevar estos documentos a la policía y asegurarnos de que la mansión esté asegurada."

Mientras tanto, Emily y Daniel llegaron a una dirección que parecía ser una casa en los suburbios, perteneciente a uno de los nombres en la lista. Al investigar la propiedad, encontraron una serie de objetos rituales y documentos que indicaban que el lugar también estaba vinculado a los seguidores de El Custodio.

"Esta casa parece ser un punto de reunión para los seguidores," comentó Emily. "Encontramos evidencias claras de que se estaban preparando para algo. Debemos informar a Lisa y al Dr. Carter inmediatamente."

El grupo se reunió de nuevo en la mansión Whitmore para revisar los hallazgos y planificar sus próximos pasos. Con la información que habían reunido, era evidente que los seguidores de El Custodio estaban en proceso de llevar a cabo el ritual final.

"Debemos actuar con rapidez," dijo Lisa. "Ahora que tenemos pruebas de que los seguidores están preparando el ritual, debemos prevenir cualquier intento de completarlo. La policía debe intervenir y asegurarse de que no haya actividad en los lugares identificados."

El Dr. Carter, que había coordinado con las autoridades, informó que estaban listos para realizar redadas en las propiedades vinculadas a los seguidores. "La policía ha preparado equipos para intervenir en los lugares que hemos identificado. Nuestro objetivo es detener cualquier intento de completar el ritual y asegurarnos de que todos los involucrados sean puestos bajo custodia."

El grupo se dirigió a las propiedades con la policía, observando de cerca las acciones para asegurarse de que se tomaran las medidas adecuadas. La tensión era alta mientras las operaciones se llevaban a cabo, pero el esfuerzo valió la pena cuando las redadas confirmaron que los seguidores estaban intentando realizar el ritual final.

Con los seguidores arrestados y el ritual detenido, el grupo regresó a la mansión Whitmore. La sensación de alivio era palpable, pero también había un sentimiento de reflexión sobre el trabajo que habían realizado.

"Creo que hemos logrado asegurar la mansión y el centro de investigación de cualquier influencia residual," dijo Lisa, mientras observaba el despacho ahora tranquilo. "El pacto oscuro y los secretos de la familia Whitmore han sido finalmente enfrentados y desmantelados."

El Dr. Carter asintió. "Nuestra investigación ha desvelado la verdad y ha permitido que el centro de investigación sirva como un lugar de conocimiento y aprendizaje. La historia de la familia Whitmore está completa, y la influencia oscura ha sido erradicada."

Emily y Daniel también expresaron su satisfacción con el trabajo realizado. "Hemos logrado transformar un legado de secretos oscuros en un centro de verdad y comprensión," dijo Emily. "Nuestro trabajo ha sido arduo, pero valió la pena."

Con el último capítulo de la historia de la familia Whitmore escrito, Lisa, Daniel, Emily y el Dr. Carter se prepararon para avanzar hacia un futuro libre de las sombras del pasado. La mansión Whitmore, ahora un faro de conocimiento, estaba lista para recibir a aquellos que buscaban aprender y entender la historia de una familia que había enfrentado sus propios demonios y emergido hacia la luz.

Capítulo 42

La mansión Whitmore, renovada y transformada en un centro de investigación histórico, ahora se erguía como un símbolo de conocimiento y redención. Después de las intensas investigaciones y confrontaciones, Lisa, Daniel, Emily y el Dr. Carter se encontraban en el punto culminante de su misión, observando cómo el lugar se convertía en un espacio para el estudio y la educación.

La renovada mansión albergaba una serie de exposiciones y laboratorios dedicados a la historia de la familia Whitmore y al análisis de los hallazgos obtenidos durante la investigación. Las secciones dedicadas al legado oscuro de la familia se habían convertido en áreas de reflexión y advertencia, con paneles informativos que detallaban los eventos pasados y las lecciones aprendidas.

Lisa, observando las preparaciones para la gran inauguración del centro de investigación, sentía una mezcla de orgullo y alivio. Su trabajo, junto con el esfuerzo del equipo, había logrado transformar un oscuro legado en un recurso valioso para la comunidad.

Daniel estaba supervisando la instalación de una nueva exhibición en el ala principal. La exhibición incluía una colección de artefactos encontrados en la mansión y el monasterio, así como documentos clave que contaban la historia de los secretos desvelados. El equipo de seguridad había sido entrenado para garantizar la protección de los valiosos elementos en exhibición y la seguridad de los visitantes.

Emily estaba en la sala de conferencias, preparándose para una presentación especial que iba a realizar durante la inauguración. Su discurso iba a abordar no solo los aspectos históricos de la familia Whitmore, sino también los temas más amplios sobre la influencia de las sombras en la historia y la importancia de la investigación y el conocimiento.

El Dr. Carter estaba en la biblioteca, revisando los últimos detalles de los archivos que se iban a poner a disposición de los investigadores y visitantes.

Había trabajado incansablemente para asegurar que toda la información fuera precisa y accesible.

El día de la inauguración llegó, y la mansión Whitmore estaba llena de visitantes, académicos, y miembros de la comunidad local. Lisa, Daniel, Emily y el Dr. Carter se encontraban en la entrada, recibiendo a los invitados y guiándolos a través de las nuevas instalaciones.

La ceremonia comenzó con un discurso inaugural del Dr. Carter, quien agradeció a todos por su apoyo y destacó el propósito del centro de investigación. Mencionó el arduo trabajo del equipo y el compromiso de transformar el oscuro pasado de la familia Whitmore en una lección de aprendizaje y reflexión.

Luego, Emily subió al escenario para su presentación. Su discurso fue aplaudido por la audiencia, y su habilidad para conectar la historia con temas más amplios dejó una impresión duradera en todos los presentes. Habló sobre cómo el enfrentarse a los aspectos oscuros de la historia no solo revela la verdad, sino que también ofrece la oportunidad de construir un futuro más brillante y consciente.

Durante el evento, Daniel y Lisa se encontraron con varias personas interesadas en colaborar con el centro de investigación. Había investigadores, historiadores y académicos que estaban ansiosos por contribuir a la misión del centro y explorar más a fondo los temas relacionados con la familia Whitmore.

La inauguración fue un éxito rotundo, y la mansión Whitmore comenzó a recibir visitantes de todo el mundo. Las exposiciones y conferencias ofrecían una visión profunda y educacional sobre la historia y los secretos de la familia, y el centro se estableció como un lugar de referencia para el estudio de temas históricos y esotéricos.

Mientras la noche caía y el evento llegaba a su fin, Lisa, Daniel, Emily y el Dr. Carter se encontraron en el jardín de la mansión, disfrutando de un momento de tranquilidad después de la ajetreada jornada. La vista del edificio iluminado y el bullicio alegre de los visitantes les recordaban el impacto positivo de su trabajo.

"Creo que hemos logrado algo realmente importante," dijo Lisa, mientras miraba el edificio con una sonrisa satisfecha. "Lo que comenzó como un misterio oscuro se ha convertido en una fuente de conocimiento y reflexión."

Daniel asintió, mirando a su alrededor. "Sí, y el centro no solo preserva la historia, sino que también nos recuerda la importancia de enfrentar nuestros miedos y aprender de nuestro pasado."

Emily, con una sonrisa contemplativa, añadió: "Nuestro trabajo ha mostrado que incluso los capítulos más oscuros pueden ser transformados en oportunidades para el aprendizaje y la comprensión."

El Dr. Carter, con su típica serenidad, concluyó: "La historia de la familia Whitmore ha sido revelada y entendida, y el legado del centro de investigación vivirá para educar y advertir a las generaciones futuras."

El grupo se quedó en silencio por un momento, absorbiendo el significado de sus logros. La mansión Whitmore, una vez un símbolo de secretos oscuros, ahora se erguía como un faro de luz y conocimiento. Habían enfrentado desafíos, desvelado misterios y, al final, habían convertido una historia de sombras en un testimonio de la resiliencia y la redención.

Con una última mirada a la mansión y una sensación de cumplimiento, Lisa, Daniel, Emily y el Dr. Carter se prepararon para cerrar el capítulo de su propia historia. Sabían que el centro de investigación seguiría creciendo y evolucionando, y estaban orgullosos de haber jugado un papel en transformar el legado de la familia Whitmore en una fuente de inspiración y aprendizaje para todos.

Did you love *El Espejo Perturbador Un Thriller Psicologico*? Then you should read *El Club de los Pecados Un Thriller Psicológico*[1] by Marcelo Palacios!

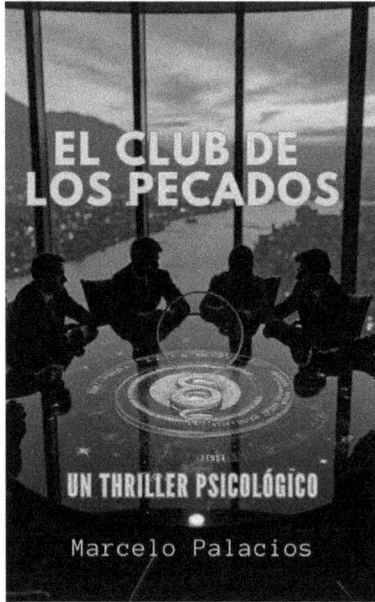

En la vibrante ciudad de Ginebra, un grupo exclusivo conocido como "El Club de los Pecados" orquesta una red internacional de blanqueo de dinero que desafía todas las leyes. Cuando el investigador privado Lucas Ferrer y la experta en criptografía Diana Montero descubren las pistas hacia este siniestro club, se sumergen en un mundo de intriga y peligro.Mientras desentrañan un complejo entramado de corrupción, traición y evasión fiscal, Lucas y Diana se enfrentan a amenazas constantes y traiciones inesperadas. Su búsqueda de justicia los lleva desde lujosas mansiones en los Alpes Suizos hasta oscuros callejones de la ciudad, revelando una red secreta de poderosos criminales dispuestos a todo para proteger sus secretos.Con una narrativa intensa y giros inesperados, "El Club de los Pecados" es un thriller de misterio y crimen que mantiene a los lectores al borde de sus asientos. Prepárate para una experiencia de lectura llena de suspenso, tensión y revelaciones impactantes. ¿Lograrán Lucas y Diana

---

1. https://books2read.com/u/b6BGR6

2. https://books2read.com/u/b6BGR6

desmantelar la red antes de que sea demasiado tarde, o caerán en la trampa mortal de los pecadores? Descúbrelo en esta emocionante novela donde cada secreto podría ser el último.

9 798227 006349